漱石文体見本帳

北川扶生子 著

勉誠出版

漱石文体見本帳◉目次

第一毛を以て装飾されべき筈の顔がつる〱して丸で薬罐だ
大分逢つたがこんな片輪には一度も出會はした事がない。加之
餘りに突起して居る。そうして其穴の中から時々ぷう〱と烟
も咽せぽくて實に弱つた。是が人間の飲む烟草といふものであ
此頃知つた。
書生の掌の裏でしばらくはよい心持に坐つて居つたが、暫くす
速力で運轉し始めた。書生が動くのか自分丈が動くのか分らな
眼が廻る。胸が悪くなる。到底助からないと思つて居ると、どさり
眼から火が出た。夫迄は記憶して居るがあとは何の事やらいく
うとしても分らない。
と氣が付いて見ると書生は居ない。澤山居つた兄弟が一疋も見

第一毛を以て装飾されべき筈の顔がつるつるして丸で薬罐だ。大分逢つたがこんな片輪には一度も出會はした事がない。加之餘りに突起してゐる。そうして其穴の中から時々ぷうぷうと畑も咽せぼくて實にさらすのだ是が人間の飲む畑草といふものである事は此頃知つた。

書生の掌の裏ではいらよい心持に坐つて居つたが暫くすると速力で運轉し始めた。書生が動くのか自分丈が動くのか分らない眼が廻る。胸が悪い。到底助からないと思つて居るとどさり眼から火が出た。夫迄は記憶して居るがあとは何の事やらいくらうとしても分らない。

と氣が付いて見ると書生は居ない。澤山居つた兄弟が一疋も見

序章　漱石文体論概説

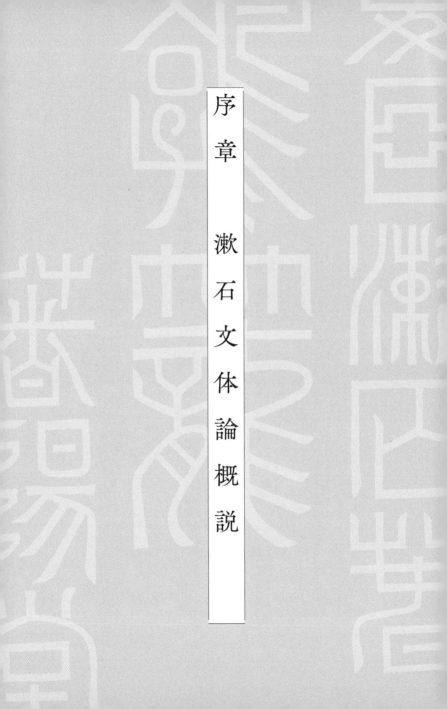

◉……ものは言いよう

「ものは言いよう」と言います。同じ事柄でも、伝え方を工夫すれば、相手の反応もまったく違ったものになる。私たちが日々経験していることです。

たとえば恋愛。「あなたが好き」の言い方も千差万別です。

漱石『三四郎』に登場する、ちょっといいかげんな学生・佐々木与次郎《ささきよじろう》は、「pity's akin to love」を、「かわいそうだた惚れたってことよ」と訳します。pityは哀れみ、同情の意、akinは同種のとか類似のとかいう意味の形容詞です。なかなか気の利いた訳です。

実は、〝I love you〟をどう翻訳するかは、明治文学の大問題でした。loveをどう言いかえるか。これはなかなか悩ましいテーマだったのです。与次郎の訳し方は、江戸っ子風とでも呼べそうです。でも、全然違う気持ちを、〝love〟という言葉に込めた人もいました。恋愛と苦悩について語らせれば、明治時代この人の右に出る者はいない、詩人で評論家の北村透谷《きたむらとうこく》（図1）です。彼は、こんなラブレターを書いています。

請《こ》う君よ生《せい》をラブせよ

図1　新婚時代の透谷と石阪美那子。経済力のない透谷を、美那子は裁縫の内職で支えた。

「生」は「小生《しょうせい》」の略で、男性の一人称です。現代ふうに言えば、「お願い、僕を愛して」って感じでしょうか。笑っちゃいけません。透谷はこの上もなく真剣なのです。

　政治運動から脱落して、精神的な危機状態にあった青年透谷は、折れた自分の心を支えてくれるものを求めてキリスト教に入信し、入信とほぼ同時に、親友の妹・石阪美那子との激しい恋に落ちます。美那子もまた、キリスト教徒でした。

「ラブせよ」というのは、日本語として、とても不自然です。でも、たぶん透谷は、こう書くしかなかったのだと思います。つまり、ラブという言葉に置き換えられるような適当な表現が、日本語にはこのときなかったのです。もう少し背景を見てみましょう。

◉……「惚れる」と「ラブ」のあいだ

透谷は、英米の詩や小説、思想の本を、原語でたくさん読んでいました。ですから、西洋にお

図2　人情本の代表作『春色梅児誉美』。主人公・丹次郎の名は色男の代名詞になった。

いてラブという言葉が持つ意味をよくわかっていたと思います。それはひとことで言うと、精神性であり宗教性です。ラブという言葉には、「神の愛」がつねに重なるのです。

西洋では、ここから、男女が精神的に惹かれ合うプラトニック・ラブの考え方が、中世になって生まれます。そして、明治時代になって日本に入ってきます。

江戸時代の日本には、西洋的なプラトニック・ラブの考え方はありません。近松門左衛門の浄瑠璃でも、男女の色恋沙汰を描く人情本《にんじょうぼん》（図2）でも、江戸の男女関係は、心身がセットになっています。身体の関係と、相手を恋い慕う気持ちとは、切り離せないのです。いや、切り離して考えるという習慣が、そもそもないのです。

透谷は、江戸文芸に描かれる男女関係が、どうしても卑猥さを免れないと嘆いています。このように感じてしまう背景には、精神のみで惹かれ合うプラトニック・ラブというものがはらみ持つ崇高さや、肉体関係抜きの男女の愛というものを、江戸文化が制度として持っていない、ということへの苛立ちがあります。

でも、江戸時代まで日本人にとって、男女が惹かれ合うというのは、「惚れる」ことであり、「恋う」ことでした。宗教性にもつながる、人類愛的で精神的な「愛する」という感情を、具体的な男女関係にあてはめる、という習慣はないのです。これは今でもそうかもしれません。「あなたを愛してます」なんて、面と向かって言うのは、相当恥ずかしいですよね。

先ほど見た与次郎の訳は江戸式で、その背後には、「愛してます」なんていう日本語を気恥ずかしいと感じる江戸人・漱石がいます。

さて、いまとくに注意したいのは、「愛する」と「惚れる」は、決して交換可能ではない、と言う点です。同じことを言いかえているように見えますが、また実際そういう面もあるのですが、「愛する」と「惚れる」は決して取りかえることはできません。このふたつの表現のあいだには、西洋近代と江戸日本という、まったく異なる文化の断面が横たわっています。自分が性的に執着している相手への感情を、「愛している」と言うか、「惚れている」と言うかは、その関係の質を決定します。そして、人が他者との関係の束であるとするならば、呼び方の違いは、単なる言葉だけの違いではありません。それは、自分とは何者か、人が生きるとはどういうことか、という根本的な事柄を規定する違いなのです。「ものは言いよう」。言い方が変わる、ということは、相手と自分の関係が変わる、ということなのです。

◉……漱石の文体実験——本書のテーマ

さて、いま、「惚れる」と「ラブ」、さらには「愛する」のあいだの溝について考えてみました。これは、言いかえると語彙の問題です。どんな単語を使うか、ということです。

単語がいくつか連なると文章になります。この文章にもいろいろな種類があります。たとえば、私はいま「ですます調」で書いています。これ以外にも「である調」とか「だ調」とかが、現代の文章にはあります。このような文章のスタイルの違いを、文体と言います。「ですます調」と「である調」では、読んだ感じがずいぶん違いますよね。

同じ内容を伝えようとする場合でも、どんな文体を採用するかで、伝える内容も、伝える相手との関係も、変わってきます。「ものは言いよう」は、文体にもあてはまるのです。

「ですます調」や「である調」は、いずれも現代語ですが、歴史を遡ると、日本語にはいろいろな文体がありました。日本語が、いま私たちが読み書きしているような文体になったのは、今からだいたい一一〇年くらい前の、明治四〇年頃です。この新しい文体は当時、「言文一致体《げんぶんいっちたい》」と呼ばれていました。

漱石が作家として活躍した時代はちょうど、日本語の文章が、この言文一致体に統一されてゆく時期にあたります。

日本語の文章が、言文一致体に統一される以前には、いろいろな文体があり、書き手や読者、内容や場面によって、使い分けられていました。漱石は、言文一致以前も含めた、様々な文体の使い手としては、当代一流であったと言ってよいと思います。

現代では、国語の教科書に『こころ』が掲載され続けているせいでしょうか、漱石というと、人間の内面心理を鋭くえぐり出した作家、というイメージがあります。しかし、「内面心理を描いた作家」というイメージが浸透し始めるのは、漱石が亡くなったあと、大正時代後半以降のことです。

それ以前の、漱石と同じ時代を生きた読者たちは、まずは漱石の文章を愛したのです。漱石ははじめ、「文章家」として認められ、親しまれたのです。

先に述べたように、漱石が作家として活躍したのは、日本語の文章がつくられてゆく時期です。多様な文体が群雄割拠する混乱期は、作家に難しい選択を迫る時代です。新しい時代のテーマをいちはやく取りあげても、文体が古めかしいためにうまく理解されなかったり、書きたい内容にぴったりの文体が見つからなかったり、ということの連続でした。

しかし漱石は、この日本語の激変期を、存分に利用し、楽しみました。漱石作品の文体は、とくに前半期においては、ほとんど一作ごとに大きく変化しています。漱石は、様々なテーマと、それに合った文体の実験を繰り返していたのです。そのテーマと文体の幅広さは、この時代の書き手として随一です。

もちろんこのようなことは、どの作家にもできることではありませんでした。言文一致以前の様々な文学の素養があり、さらに西洋文学の深い知識があった漱石だからこそ、できたことだと思います。

それでは、漱石が活躍した日本語の激変期には、どんな文体があり、漱石はそれらをどのように使い分け、利用したのでしょうか。また、そのような使い分けは、読者にとってどんな意味があったのでしょうか。さらに、現代から見て、漱石の文体の豊富さから、私たちは何を学ぶことができるのでしょうか。本書のテーマはここにあります。

●……………漱石は死をどう描いたか

漱石は文体をどう使い分けたのか。それを本書は解き明かしてゆくわけですが、ここでは、作品のなかで死をどう描いたかという点を窓口にして、映画の予告編のように、ざっと見てみたいと思います。

『こころ』(一九一四年)の「先生」は、なぜ自殺をするのかを、彼を慕う大学生の「私」に宛てた遺書で説明するときに、明治の軍人・乃木希典《のぎまれすけ》（図3）の死を引き合いに出します。

私は新聞で乃木大将の死ぬ前に書き残して行《い》つたものを読みました。西南戦争の時敵《てき》に旗を奪《と》られて以来、申し訳のために死なう〳〵と思つて、つい今日迄《こんにちまで》生きてゐたといふ意味の句を見た時、私は思はず指を折つて、乃木さんが死ぬ覚悟をしながら生きながらへて来た年月を勘定して見ました。［…］

それから二三日して、私はとう〳〵自殺する決心をしたのです。私に乃木さんの死んだ理由が能《よ》く解らないやうに、貴方《あなた》にも私の自殺する訳が明らかに呑み込めないかも知れませんが、もし左右《さう》だとすると、それは時勢の推移から来る人間の相違だから仕方がありません。或《あるい》は箇人《こじん》の有つて生れた性格の相違と云《い》つた方が確《たしか》かも知れません。私は私の出来る限り此《この》不可思議な私といふものを、貴方《あなた》に解らせるやうに、今迄《まで》の叙述で己《おの》れを尽した積《つもり》です。

図3　乃木希典(1849-1912)。明治天皇の死に際し、妻とともに殉死した。

乃木希典が妻の静子《しずこ》とともに自決したのは、明治天皇の大喪の日でした。二人の死は新聞で大きく報じられたほか、各種の雑誌でも繰り返し取りあげられました。乃木の遺書が新聞紙上で公開され、夫婦の写真が大きく掲載され、血だらけの自決した部屋が絵はがきとして販売された（！）のです。およそ二年後に、『こころ』で漱石が乃木の自決に言及したとき、『朝日新聞』の読者の脳裏には鮮明な記憶が甦ったでしょう。

ここでは西南戦争の記憶が述べられていますが、現代では乃木希典というと、日露戦争で膨大な戦死者を出した作戦を率いたことで知られています。彼は、息子二人もこの戦いで亡くしています。このことも当時広く知られており、乃木の自決にあたっては、誰もが日露戦争の厳しい戦いを連想したと思います。

◉……死者たちがつくる「名文」

乃木の死はこのように、公《おおやけ》の、幅広い人々が共有する体験となりました。漱石はその事件を小説に登場させました。

しかし、実は、『こころ』に先立ち、乃木の死をめぐって当時の多くの人々が連想した文章がありました。それは乃木自身の文章である「第三軍司令官復命書《だいさんぐんしれいかんふくめいしょ》」です。大量の死者を出した日露戦争のあと、乃木が天皇に報告をする文章です。本書の「ねじふせる」の章でも触れていますが、ちょっと見てみましょう。

明治三十七年五月、第三軍司令官たるの大命を拝し、旅順《りょじゅん》要塞の攻略に任し、六月剣山を抜き、七月敵の逆襲を撃退し、［…］五月、各軍と相連《あいつら》なりて、金家屯、康平の線を占め、尋《つい》で敵騎大集団、我が左側背に来襲せしも、之《これ》を駆逐し、茲《ここ》に軍隊の整備を畢《おは》り、戦機の熟するを待ちしが、九月中旬、休戦の命を拝するに至れり。
之《これ》を要するに、本軍の作戦目的を達するを得たるは、
［改行ママ］陛下の稜威《りょうい》と、上級統帥《とうすい》部の指導、竝《ならび》に、友軍の協力とに頼る。而《しこう》して作戦十六箇《か》月間、我が将卒の常に勁敵《けいてき》と健闘し、忠勇義烈、死を視《み》ること帰るが如《ごと》く、弾に斃《たお》れ、剣に殪《たお》るゝ者、皆、
［改行ママ］陛下の万歳を喊呼《かんこ》し、欣然《きんぜん》として瞑目《めいもく》したるは、臣之《しんこれ》を伏奏《ふくそう》せざらんと欲するも能《あた》はず。然《しか》るに、斯《か》の如《ごと》き忠勇の将卒を以《もっ》てして、旅順の攻城には、半歳の長日月を要し、多大の犠牲を供《きょう》し、［…］臣が終世の遺憾にして恐懼《きょうく》措《お》く能《あた》はざる所《ところ》なり。［…］茲《ここ》に、作戦経過概要、死傷一覧表、竝《ならび》に、給養、及《および》、衛生一斑等を具し、謹《つつしん》で復命す。

（『官報』一九〇六［明治三九］年一月一五日）

この「復命書」は、時代を代表する優れた文章として、明治時代の名文集や作文書に、繰り返し掲載されました。はじめてこの文章が掲載された『官報』では、この「復命書」のあとに、戦死者の姓名が延々と続きます。日露戦争で死んだ膨大な人々の存在が、この文章を「名文」にしているのです。

さて、ここで、この文章が漢文調で書かれている点に注意しましょう。漢文というのは、歴史的に、天下国家を語る際に用いられてきた文章です。人間が、みずからの死をもって国を支える、という崇高な主題には、漢文調がふさわしいと考えられていたのです。言いかえれば、近代日本の人々は、漢文の荘重な調子によって、国家というものを、身体で感じ取ってきたのです。

●…………悪女をつくる文体

漢文調の持つ厳粛な調子を、小説に巧妙に利用したのが漱石です。朝日新聞社に入社して、最初に新聞に連載した小説『虞美人草《ぐびじんそう》』(一九〇七年)で、公の死を荘重に語るこの漢文調を、非常に効果的に用いいました。日露戦争の三年後のことです。

悲劇はついに来た。来たるべき悲劇はとうから預想《よそう》して居た。預想した悲劇を、為《な》すが儘《まま》の発展に任せて、隻手《せきしゅ》をだに下さぬは、業《ごう》深き人の所為《しょい》に対して、隻手の無能なるを知るが故である。悲劇の偉大なるを知るが故である。悲劇の偉大なる勢力を味はゝしめて、三世に跨《また》がる業を根柢《こんてい》から洗はんが為《ため》である。不親切な為ではない。隻手を挙ぐれば隻手を失ひ、一目を揺《うご》かせば一目を眇《びょう》す。手と目とを害《そこな》うて、しかも第二者の業は依然として変らぬ。のみか時々に刻々に深くなる。手を袖に、眼を閉づるは恐るゝのではない。手と目より偉大なる自然の制裁を親切に感受して、石火《せっか》の一拶《いっさつ》に本来の面目に逢着せしむるの微意《びい》に外《ほか》ならぬ。

（『虞美人草』、傍点筆者）

先ほどの乃木の「復命書」と比べると、語尾は言文一致体のひとつの「である調」になっていますが、用いられているレトリックや語彙は漢文調です。「味わわしめて」とか「逢着せしむる」という漢文訓読に特徴的な使役の語法が繰り返し使われ、「隻手」「所為」「一目」「一拶」「微意」などの漢語が文章の骨格をつくっています。

ここで語られているのは、ヒロイン・藤尾《ふじお》の死です。藤尾という悪女の死によって、正しい秩序が回復する、というのが『虞美人草』という小説の大枠なのです。

しかし、ここで語られる死は、戦死でも殉死でもありません。藤尾は、好きな人と結婚して、家の財産も手に入れようとしたけれども、結局果たせなかったために、ショック死（？）したのです。これは一般的に考えれば、国家とも公とも関係ありません。私的な死です。

漢文調は、『虞美人草』では限られた場面でしか使われません。『虞美人草』では多様な文体がモザイクのように駆使《くし》されており、たとえば冒頭の春の京都の光景は流麗な和文調で書かれますし、東京の繁華な往来の様子は写生文《しゃせいぶん》のスタイルでスケッチされます。また、同じ藤尾を描く場合も、その美しさを印象づける場面では美文調が用いられます（美文調については「ただよう」の章で取りあげます）。藤尾を「正義」で裁くときに、漢文調が登場するのです。そして、漢文調で書かれることによって、ヒロインは、結婚と遺産相続を思い通りに進めようとした（漱石にとっては）「出すぎた女」から、その死によって世界の秩序が回復するにふさわしい、「悪」になるのです。極めて巧みな漢文の利用法です。

◉……………猫と戦争

もうひとつ死を描く漱石の文章を見てみましょう。『吾輩は猫である』（一九〇五―六年）で、猫が鼠《ねずみ》をとることを決心する場面です。鼠がどこから出てくるかという問題が、日露戦争の日本海海戦において、ロシアのバルチック艦隊がどのルートを通るか司令官の東郷平八郎《とうごうへいはちろう》が苦悩した、という有名なエピソードに重ねられて語られます。注目は文体です。

是《これ》から作戦計画だ。どこで鼠と戦争するかと云《い》へば無論鼠の出る所でなければならぬ。如何《いか》に此方《こちら》に便宜な地形だからと云つて一人で待ち構へて居《い》てはてんで戦争にならん。是《これ》に於《おい》てか鼠の出口を研究する必要が生ずる。どの方面から来るかなと台所の真中に立つて四方を見廻はす。何だか東郷大将の様な心持《こころもち》がする。［…］わが決心と云ひ、わが意気と云ひ台所の光景と云ひ、四辺の寂寞《せきばく》と云ひ、全体の感じが悉《ことごと》く悲壮である。どうしても猫中の東郷大将としか思はれない。［…］戸棚から出るときには吾輩之《これ》に応ずる策がある、風呂場から現はれる時は之《これ》に対する計《はかりごと》がある、又流《またながし》から這ひ上るときは之《これ》を迎ふる成算もあるが、其《そ》うちどれか一つに極《き》めねばならぬとなると大《おお》いに当惑する。東郷大将はバルチック艦隊が対馬《つしま》海峡を通るか、津軽海峡へ出るか、或《あるい》は遠く宗谷海峡を廻《まわ》るかに就《つい》て大《おお》いに心配されたさうだが、今吾輩が吾輩自身の境遇から想像して見て、御困却の段実《だんじつ》に御察《おさつ》し申す。吾輩は全体の状況に於て東郷閣下に似て居るのみならず、此《この》格段なる地位に於《おい》ても亦《また》東郷閣下とよく苦心を同じうする者である。

この文章が笑いを生むのは、「どのルートを通るか」という一点において、国家間の戦争と、猫と鼠の戦争が、同列に並べられているからです。しかし、それだけではありません。それが、国家の大事を語るにふさわしい硬い漢文調で書かれているから、そしてそれを語っているのが猫だから、余計におかしいのです。ここで漱石は、内容と文体のズレを、笑いを生む方法として最大限に活用しています。

◉…………失われる「公の死」——文体の違い＝ものの見方の違い

さて、先ほど、『こころ』の先生と、乃木の殉死の例を見ました。先生は「この手紙があなたの手に落ちる頃には、私はもうこの世にはいないでしょう。とくに死んでいるでしょう」と、「私」だけに死ぬ理由を打ち明けます。そして、自分は「明治の精神」に殉死するつもりだが、それは次の世代には伝わらないだろう、とも言います。

『こころ』では、死はもはや、公に共有されるものでも、崇高なものでもありません。個人から個人へと、秘儀のように伝えられるものでしかありません。死が、公《おおやけ》のものでなく、私《わたくし》のものになっている、と言えるかもしれません。共同体的な崇高体験の消滅、あるいは死のプライベート化とでも呼びたくなるような事態が、漱石文学のなかで起こっているのです。

これは、漱石の、さらには近代日本の、文体の変化とも大きく関わっています。

少し整理してみましょう。ここまで、『こころ』『虞美人草』『吾輩は猫である』の順に、漱石が死をどのような文体で描いたかを見てきました。描かれる死の性格と、それを描く文体は、どのように対応しているでしょうか。漱石文学では、漢文調で描かれる、「共有される死／崇高な公の死」が姿を消し、死は私的な事柄になっていきます。『道草《みちくさ》』『明暗《めいあん》』という晩年の小説では、悲劇的で崇高な死など決して訪れない、「終わらない日常／果てのない卑小な世界」が描かれます。

つまり、文体の違いは、単にいろんな表現の仕方がある、ということではありません。それは、描かれる事柄をどのようにとらえるかという、ものの見方の違い、世界観の違いなのです。

十年余りにわたって書き継がれた漱石の文学作品を、文体という面から見たときに、もっとも顕著な変化のひとつは、漢文脈が消えてゆく、ということです。それは、単なる表現の変質、上っ面の変化ではありません。崇高という価値の喪失でもあります。前近代の日本を支えていた、ひとつの文化の総体が、失われ、骨抜きにされてゆくのです。しかし、そのことと引き替えに、漱石は近代小説というジャンルを切りひらいてゆきます。それは、崇高なもの、超越的なものなどどこにもない、どこまでも卑小なものが続いてゆく世界を生きる、ということでもありました。

◉……様々な語り口①——太宰治の文体

多様な文体を使いこなす作家というのは、漱石以外にもたくさんいます。どの小説の、どのページを開いても同じような語り口で、ああ○○だ、とわかるような作家もいれば、作品ごとに

図4　太宰治（1909-1948）。女性の告白スタイルの小説が得意だった。生涯反発し続けた志賀直哉とは、文体も対照的。

まったく違う語り口を用いる作家もいます。ここで、漱石の位置を浮かび上がらせるために、近代日本を代表する作家たちを、文体という面から比較してみましょう。

作品ごとに、大きく異なる語り口を採用する作家は、少なくありません。このタイプの作家は、さらにふたつに分けられそうです。ひとつは純粋に語り口を変えてみせる、という意味での文体の違いです。そしてもうひとつは、歴史的な文体の違いです。

生涯、非常に特徴的な語り口で書き続けた作家のひとりは、太宰治《だざいおさむ》（図４）でしょう。女の一人称スタイルの語りが得意でした。

ぷつッと、ひとつ小豆《あずき》粒に似た吹出物《ふきでもの》が、左の乳房の下に見つかり、よく見ると、その吹出物のまわりにも、ぱらぱら小さい赤い吹出物が霧を噴きかけられたように一面に散点していて、けれども、そのときは、痒《かゆ》くもなんともありませんでした。憎い気がして、お風呂で、お乳の下をタオルできゅっきゅっと皮のすりむけるほど、こすりました。それが、いけなかったようでした。家へ帰って鏡台のまえに坐《すわ》り、胸をひろげて、鏡に写してみると、気味わるうございました。銭湯から私の家まで、歩いて五分もかかりませぬし、ちょっとその間に、お乳の下から腹にかけて手のひら二つぶんのひろさでもって、真赤に熟れて苺みたいになっているので、私は地獄絵を見たような気がして、すっとあたりが暗くなりました。そのときから、私は、いままでの私でなくなりました。自分を、人のような気がしなくなりました。

（『皮膚と心』）

『斜陽《しゃよう》』『女生徒《じょせいと》』『葉桜《はざくら》と魔笛《まてき》』など、太宰の代表作の多くが、このスタイルで書かれています。若い女が、戸惑い、思い悩みながら告白するスタイルは、太宰文学の看板です。

◉……………様々な語り口②——谷崎潤一郎の文体

これに対して、谷崎潤一郎《たにざきじゅんいちろう》（図5）の場合、作家本人が語り手の向こうにすっぽりと隠れるくらいに、一作ごとに語り口を完璧に変えています。たとえば『春琴抄《しゅんきんしょう》』（一九三三年）では、考証随筆のスタイルが採用されています。

図5　谷崎潤一郎（1886-1965）。
『春琴抄』執筆時は、佐助を地でいく手紙を恋人に送り続けた。恋文の署名は「潤市」。

近頃《ちかごろ》私の手に入れたものに「鵙屋《もずや》春琴伝」という小冊子《しょうさっし》があり此《こ》れが私の春琴女を知るに至った端緒《たんしょ》であるが此《こ》の書は生漉《きず》きの和紙へ四号活字で印刷した三十枚程《ほど》のもので察するところ春琴女の三回忌《き》に弟子《でし》の検校《けんぎょう》が誰《たれ》かに頼んで師の伝記を編《あ》ませ配り物にでもしたのであろう。

［…］伝に依《よ》ると「春琴の家は代々鵙屋安左衛門《もずややすざゑもん》を称し、大阪道修町《どしょうまち》に住《じゅう》して薬種商を営む。春琴の父に至りて七代目也《なり》。母しげ女《ちょ》は京都麩屋町《ふやちゃう》の跡部《あとべ》氏の出にして安左右衛門に嫁《か》し二男四女を挙《あ》ぐ。春琴はその第二女にして文政《ぶんせい》十二年五月二十四日を以《もっ》て生る［…］

『春琴抄』では、琴の天才で盲目の女の伝記を手に入れた、好事家らしき語り手が、秘められた男女の愛に、聞き書きや推測も加えながら迫ってゆきます。春琴と佐助の激しい愛は、読者の目の前で生々しく展開されるのではなく、いくつもの伝聞の果てに、ぼんやりとした輪郭を浮かび上がらせるからこそ、美しいのです。

いっぽう、同じ谷崎の『痴人の愛』（一九二四―二五年）では、男の自嘲的な告白スタイルが、絶妙の味わいを生んでいます。

私はこれから、あまり世間に類例がないだろうと思われる私達夫婦の間柄に就《つ》いて、出来るだけ正直に、ざっくばらんに、有《あ》りのままの事実を書いてみようと思います。それは私自身に取って忘れがたない貴い記録であると同時に、恐《おそ》らくは読者諸君に取っても、きっと何かの参考資料となるに違いない。

このように語り始める男は、徹頭徹尾、女の肉体美に溺れてゆく自分の痴態を、これでもかと読者の前に繰り広げます。しかし、みずからが墜《お》ちてゆく様を縷々《るる》述べる男の口ぶりが、自嘲的であると同時に、どこかうれしげでもある点に、単なる「愚かな男」の物語に終わらない、スパイスの利いた本作の味があります。

いずれにしても、どの作品にも背後に作家自身が感じられる太宰の場合とは違い、谷崎作品では、作家の気配は語り手の背後にすっかり隠れてしまいます。

しかし、これらはいずれも歴史とは異なる次元の、語り口の使いこなしという次元の問題です。

◉……日本語の変化と小説①――樋口一葉の文体

もうひとつ、近代の小説を考えるにあたって重要なのは、歴史的な日本語の変化が、小説の地の文にどう影響したか、という点です。これはとくに、明治・大正期の文学を考える際には、避けて通れない問題でもあります。

たとえば樋口一葉《ひぐちいちよう》（図6）。代表作『たけくらべ』（一八九五―六年）の冒頭部分を見てみましょう。

廻《まわ》れば大門《おおもん》の見返り柳《やなぎ》いと長けれど、お歯《は》ぐろ溝《どぶ》に燈火《ともしび》うつる三階《がい》の騒ぎも手に取る如《ごと》く、明けくれなしの車の行來《おうらい》にはかり知られぬ全盛をうらなひて、大音寺前《だいおんじまえ》と名は仏くさけれど、さりとは陽気の町と住みたる人の申《もう》しき、三嶋神社《みしまさま》の角《かど》をまがりてより是《こ》れぞと見ゆる大厦《いえ》もなく、かたぶく軒端の十軒長屋二十軒長や、商ひはかつふつ利《き》かぬ處《ところ》とて半《なかば》さしたる雨戸の外に、あやしき形《なり》に紙を切りなして、胡粉《ごふん》ぬりくり彩色《さいしき》のある田楽《でんがく》みるやう、裏にはりたる串のさまもをかし、一軒ならず二軒ならず、朝日に干して夕日に仕舞ふ手当《てあて》こと〴〵しく、一家内《かない》これにかゝりて夫《そ》れは何ぞと問ふに、知らずや霜月酉《とり》の日《ひ》例の神社に欲深様《よくふかさま》のかつぎ給ふ是《こ》れぞ熊手の下ごしらへといふ、正月門松とりすつるよりかゝりて、一年うち通しの夫《そ》れは誠の商売人、片手わざにも夏より手足を色どりて、新年着《はるぎ》の支度《したく》もこれをば当《あ》てぞかし、南無《なむ》や大鳥大明神、買ふ人にさへ大福をあたへ給へば製造もとの我等万倍《われらまんばい》の利益をと人ごとに言ふめれど、さりとは思ひのほかなるもの、此《この》あたりに大長者のうわさも聞かざりき、

これは、明治二〇年代以前の、和歌和文の素養を持った人にしか書けない文章です。言文一致体が教育カリキュラムの中核に据えられる以前に、女性の教養とされたのが、和歌和文ジャンルでした。そのエッセンスが、一葉の文体には溶かし込まれています。

尾崎紅葉《おざきこうよう》や幸田露伴《こうだろはん》も、紅葉が和文系、露伴が漢文系という違いはありますが、いずれも言文一致以前の文体を駆使しています。

しかし、彼らはおおむね、ひとつの文体の枠内にとどまっていました。たとえば一葉の作品はほぼ和文調で書かれていますし、露伴の文章は漢文が骨格にあります。

図6　樋口一葉(1872-1896)。貧しさのなか食べるために書いた明治のワーキング・プア女性。

●……日本語の変化と小説②――森鷗外の文体

これに対して、文体・ジャンルの枠を越境して書いた人もいます。森鷗外《もりおうがい》（図7）と夏目漱石です。この二人は、近代以前の日本の教養と西洋文化の双方を深く理解し、それを創作に生かしたという点でも共通しています。

簡潔で力強い鷗外の文体の骨格には、漢文の素養があることが、しばしば指摘されます。しかし鷗外の小説には、書かれた時期や作品によって、多様な文体が用いられています。たとえば、明治二四年に書かれた『文づかひ』では、和文調が駆使されています。

それがしの宮《みや》の催《もよお》したまひし星が岡茶寮《さりょう》の独逸会《ドイツかい》に、洋行がへりの将校次《つぎ》を逐《お》うて身の上ばなしせし時のことなりしが、こよひはおん身が物語聞くべきはずなり、殿下も待兼《まちか》ねておはすればと促されて、まだ大尉《たいい》になりてほどもあらじと見ゆる小林といふ少年士官、口に啣《くわ》へし巻烟草《まきタバコ》取りて火鉢《ひばち》の中へ灰振り落して語りは始めぬ。

明治四〇年代に入ると、鷗外は、言文一致体で現代小説を書き始めます。漱石の『三四郎』としばしば比較される『青年』（一九一〇年）を見てみましょう。

小泉純一《こいずみじゅんいち》は芝日蔭町《しばひかげちょう》の宿屋を出て、東京方眼図を片手に人にうるさく問うて、新橋停留場から上野行の電車に乗つた。目まぐろしい須田町《すだちょう》の乗換も無事に済んだ。さて本郷三丁目で電車を降りて、追分《おいわけ》から高等学校に附《つ》いて右に曲がつて、根津権現《ねづごんげん》の表坂《おもてざか》上にある袖浦館《そでうらかん》という下宿屋の前に到着したのは、十月二十何日かの午前八時であつた。

図7　森鷗外（1862-1922）。作家・学者と軍医という二足のわらじを生涯履き続けた。

鷗外は、漢文調、和文調、言文一致体と、ひとりの作家としては相当に幅の広い文体を駆使《くし》して、小説を書いています。

一葉や露伴らが、ある歴史的な地点における教養から生まれた、ひとつの文体をもっぱら使ったのに対し、鷗外は多様な文体を横断し、またそれらをみずからの絵具箱に溶かし込んで、用いています。この時代の書き手としては、非常に幅広い文体を使いこなしているのです。

◉……漱石の文体の多様性

しかし、漱石は、鷗外よりもさらに多様な文体を駆使しています。漢文系、和文系、言文一致体に加えて、滑稽本《こっけいぼん》・写生文系統の文章も得意でした。そして、言文一致体が浸透したあとも、それらの多様な文体を、ひとつの小説のなかで意図的に使い分けました。

言文一致体以前の文体を使い続けた作家は、もちろん他にもいます。泉鏡花《いずみきょうか》です。鏡花は、主語を省略したり、多様な語り口を採用するなど、工夫を凝らして独特の効果を文体に盛り込み、幻想小説（現実には起こりえない超自然的な神秘や怪異などを題材とする小説）の演出方法として磨き上げてゆきました。しかし彼もまた、漱石のように、ほとんど分裂的と言いたくなるほど、多様な文体の間を同時に行き来する、ということはありません。

漱石の文体の多様性、こう言ってもよければ、分裂性は、他に例が見られないのです。

漱石の文体の多様性を考えるためには、日本語の文章の歴史的変遷を知っておく必要があります。先ほど一葉や鷗外らの例を見ましたが、江戸時代まで、文章のジャンルや文体は、「漢文系」と「和文系」に分かれていました。そして、漢文系には、公の、男性のものというニュアンスが、和文系には、私の、女性のものというニュアンスがありました。

近代小説の母胎となったのは、江戸時代後期の戯作《げさく》と呼ばれるジャンルです。この戯作には、人情本《にんじょうぼん》や読本《よみほん》、滑稽本など様々な下位ジャンルがありますが、このなかでは、読本が漢文系にあたります。滑稽本では、会話を中心に、写実的な文体が用いられました。滑稽本は、明治になって写生文《しゃせいぶん》というジャンルに受け継がれ、漱石『吾輩は猫である』もここから生まれています（表1）。

表1　江戸時代後期の戯作と近代の小説

ジャンル	テーマ	代表的な作品
読本	勧善懲悪	南総里見八犬伝
人情本	男女関係	春色梅児誉美
滑稽本	笑い	東海道中膝栗毛

→ 近代小説

明治時代に入っても、坪内《つぼうち》逍遙《しょうよう》や二葉亭《ふたばてい》四迷《しめい》が登場する前の、明治二〇年頃までの文学（政治小説、明治式合巻《ごうかん》など）では、場面ごとに違う文体が用いられています。これら明治初期文学では、政治や倫理を語るときは漢文調、男女関係は和文調になることがよくあります。これは言いかえれば、どのような事柄・場面も、同じように語れる話法や文体が、まだなかったということです。様々な文体は、およそ四〇年ほどかけて、次第に統一されてゆきます。それにともない、場面や内容による文体の使い分けは、古くさいものになっていきます。

しかし、まさにそのときに、この古いスタイルを、小説の演出技法として利用しようとしたのが漱石でした。タイミングも絶妙でした。小説の文体が言文一致体に統一されてゆこうとするちょうどその頃に、あえてレトロなスタイルを、要所要所で駆使してみせたのです。たとえば、『虞美人草』で、漢文調の効果によって、ヒロインの死を、「悪女の死」にしてしまったように。

読者もまだこの頃には、レトロな文体を味わう力を持っていましたので、このような方法が可能だった、という側面もあります。そのため、教育カリキュラムが切り替わって、はじめから言文一致体しか知らない世代が台頭してくると、漱石のレトロ・スタイルの妙味は、伝わりにくくなっていきます。もともと通好《つう》み、ハイブロウな文体だったのですが、たとえば新聞読者という幅広い人々相手には、もはや使えなくなっていくのです。

このように、本書の背景には、日本の近代文学の総体の基盤となる、日本語の変化というものがあります。一方で、この大きな変革の流れを見据えつつ、もう一方で、レンズの倍率をぐっと上げて、あくまで具体的な文体表現にピントを絞って、この言葉の混乱期を漱石がどう泳いで見せたか、楽しんだかを、この本では浮かび上がらせてみたいと思います。

◉……本書の内容

ここで、本書の内容を、歴史的な文体の変遷に沿って概観しておきましょう。本書では、漱石が駆使した様々な文体の効果を、ひとつの動詞で言い表し、それぞれの章のタイトルにしてみました。また、各章の冒頭に、典型的な使用例を「例文」として掲げ、「例文」を味わいながら、漱石の工夫を解明してゆきます。

まず、言文一致以前の文体について。以下の六つの章で、言文一致体に統合される前の様々な文体を、漱石がどんなふうに利用したかを考えます。

ねじふせる・誇張する・こだわる：漢文調

ただよう：美文調

ボケる：滑稽文・写生文調

訳す：翻訳調

言文一致体による作品とその技法については、以下の四つの観点から取りあげています。

歩く：描写

さらす：視点

とどめをさす：隠喩

ほどく：迂言法《うげんほう》

本書の各章は、右の分類によって配置されていますが、どこから読んでいただいても差し支えないように配慮しています。ただ、冒頭の「ねじふせる」の章は、本書の骨格をなすもので、本書に繰り返し登場する文体の名称などについても詳しく説明していますので、この章をはじめに読んでいただくと、他の章がよりわかりやすくなるでしょう。

本書では、漱石を「文章家」という面からもう一度眺めてみることを意図しました。そして、それぞれの例において、文体の違いというものが、漱石にとって、そして読者にとって何を意味しているのかをつきとめようとしました。それは同時に、漱石のみならず、日本の「近代化」とは私たちにとっていかなる変化であったかを、言葉というフィルターを通してのぞき見ることにもなるはずです。「ものは言いよう」。言い方の違いは、私たちが生きる世界の違いなのです。

尚、漱石の文章等の引用は、岩波書店版の『漱石全集』（一九九三〜九九年）に拠りました。より読みやすい文庫本からの引用も検討しましたが、漱石の文体を考えるという本書のテーマに鑑み、執筆・発表されたときの表現をご覧いただくことにいたしました。また、当時の雑誌や書籍など、その他の歴史的資料等からの引用も、旧字体を新字体に改める以外は原文に拠りました。ただし、いずれも、読みやすさを考え、適宜ふりがなを加えました。現代とは違うかな遣いや、漢字のあて方なども含めて、発表当時の雰囲気を楽しんでいただければ幸いです。

ねじふせる

【例文】

悲劇は遂《つい》に来た。来るべき悲劇はとうから預想《よそう》して居《い》た。預想した悲劇を、為《な》すが儘《まま》の発展に任せて、隻手《せきしゅ》をだに下さぬは、業《ごう》深き人の所為《しょい》に対して、隻手の無能なるを知るが故である。悲劇の偉大なるを知るが故である。悲劇の偉大なる勢力を味はゝしめて、三世に跨《また》がる業《ごう》を根柢《こんてい》から洗はんが為である。不親切な為ではない。隻手を挙ぐれば隻手を失ひ、一目《いちもく》を揺《うご》かせば一目を眇《びょう》す。手と目とを害《そこの》うて、しかも第二者の業は依然として変らぬ。のみか時々に刻々に深くなる。手を袖に、眼を閉《と》づるは恐るゝのではない。手と目より偉大なる自然の制裁を親切に感受して、石火《せっか》の一拶《いっさつ》に本来の面目に逢着せしむるの微意に外《ほか》ならぬ。

（『虞美人草』）

●……新聞デビューは四角関係の恋愛小説

どうです。立派な文章でしょう。これは、漱石が東京帝国大学の先生から、『朝日新聞』の専属作家に転職して、はじめて発表した小説『虞美人草《ぐびじんそう》』(図8)の結末部分です。漱石の朝日新聞入社と、第一作目の『虞美人草』は、たいへん注目されました。読者の数も、それまでとは比べものにならないほど増えました。さすがの文豪も、この作品では、肩に力が入っています。

図8 『虞美人草』初版。帙入りの豪華な装丁で、ヒナゲシの花をモチーフとするデザインが用いられている。

まず、この小説のあらすじを見てみましょう。主人公の甲野欣吾《こうのきんご》の家は、父が亡くなってからゴタゴタしています。残された長男の甲野さんと、義理の母、その連れ子である義理の妹との、折り合いが悪いのです。「哲学者」と呼ばれ、世事に関心の薄い甲野さんは、家の財産は全部、義理の妹の藤尾《ふじお》にやると言います。しかし、継母は、義理の息子が本気で言っているとは信じることができず、息子の言動の裏の意味ばかり勘ぐってしまいます。

図9　橋口五葉による三越百貨店ポスター。『虞美人草』のヒロイン藤尾を思わせる。

藤尾には、甲野さんの親友の宗近《むねちか》一《はじめ》とのあいだに、結婚の約束があります。約束といっても、藤尾がまだ小さな頃、父親がなかばふざけて口にしただけの、はなはだあいまいなものです。でも、宗近くんは外交官を目指していて、「外交官の女房にや、あゝ云ふんでないと不可《いけ》ないです」と、藤尾との結婚を望んでいます。甲野さんも、宗近くんの父も、宗近くんが立派な外交官になることを期待していて、同じ意見です。

しかし、美しくて、明敏で、プライドの高い藤尾は、自分の結婚相手は自分で選びたい。図9は、漱石の初版本の装丁を数多く手がけた、橋口五葉《はしぐちごよう》の作品です。美しく教養が高く裕福なこの時期の女性を描いており、藤尾を彷彿とさせます。英語の家庭教師に来ている文学士の小野清三《おのせいぞう》とは、趣味も合うし、宗近と違って自分でコントロールできるので、藤尾はこちらを夫にしようとします。小野も、財産を持った藤尾と結婚すれば、好きな学問を生涯やれるので、何とかこの話をものにしたい。

ところが、小野には、許嫁《いいなづけ》同然の小夜子《さよこ》という女性が京都にいます。親のいない自分を育ててくれた、恩師の孤堂《こどう》先生のひとり娘です。こちらは、藤尾と宗近の約束よりは、もう少し話が進んでいて、小夜子も孤堂先生もすっかりその気になっています。小野は、藤尾と小夜子を両天秤にかけているわけですが、藤尾も小夜子も何も知りません。はっきりしない小野にしびれを切らした孤堂先生と小夜子は、京都の住まいを引き払って上京します。

事情を知った甲野さんと宗近くんは、藤尾と小野が既成事実を作るべく一泊旅行へ出かける寸前に、小夜子を連れてきて、みんなの前で小野に謝罪をさせるのです。小野は、これまでの自分のふるまいを悔いて、小夜子と結婚すると明言します。プライドをずたずたにされた藤尾は、その場で気を失い、そのまま死んでしまいます。

冒頭の例文は、藤尾が死んだあと、甲野さんが日記に綴ったものなのです。

◉……………「好きな夫を選ぼうとする女は死罪」──?

さて、ストーリーをおさえたうえで、改めてこの文章を読んでみましょう。ちょっと言葉が難しいのですが、「隻手」は片手、「石火の一拶」は、電光石火のような一瞬の挨拶、「逢着」は出会う、です。つまり、自分の義理の妹をめぐる、この入り組んだ男女関係が、いずれ破綻することは、自分には最初からわかっていた。なのに、何もしなかったのは、業の深い人間(藤尾とその母のことです)には何を言っても無駄だし、自分が傷つくのもイヤだし、いずれ破綻したら本人たちも心から反省するだろうし、だからほっといたのだ、と。

繰り返しますが、『虞美人草』は要約すると、「自分で結婚相手を決めようとした女が、死という報いを受ける」という物語なのです。でも、二人の女性にあいまいな返事をしていた小野さんには、非難される理由がありますが、藤尾には死に値する罪が見あたりません。藤尾は小夜子の存在をまったく知らず、ただ自分の好きな人と結婚しようとしただけです。甲野さんが言っていることには、ずいぶん無理があるような気がします。実際、漱石の弟子の小宮豊隆《こみやとよたか》は、藤尾のファンになってしまったようです。漱石はそんな小宮に「藤尾といふ女にそんな同情をもつてはいけない。あれは嫌な女だ[…]徳義心が欠乏した女である。あいつを仕舞《しまい》に殺すのが一篇の主意である」(一九〇七年七月一九日小宮豊隆宛書簡)という手紙まで送っています。もう少し考えてみましょう。

この作品が発表されたのは一九〇七(明治四〇)年。親同士が決めた縁談に従うより、自分で相手を選んで恋愛結婚する方がカッコイイ、進んでる、という考え方が出てきたものの、まだまだお見合い結婚が主流、という時代です。男性は三〇歳まで、女性は二五歳までは、結婚に戸主の同意が必要というのが、明治民法の規定するところでした。父の遺志と、父の死後の戸主である義理の兄の意向に背いて、自分で結婚相手を決めようとする藤尾は、当時としては少数派と言えますが、それを「悪」とまで言えるかどうか。藤尾を悪女として征伐《せいばつ》するのは、当時でも読者の共感を呼ばない可能性が十分にあったと思います。そのうえ、藤尾と宗近の結婚の約束はあいまいなものですし、藤尾は小夜子の存在を知りません。小野が懺悔《ざんげ》するのはわかるのですが、藤尾を罰するのは、当時の通常の道徳から見ても「行き過ぎ」なのです。

この「行き過ぎ」を、漱石の「女性嫌悪」という言葉で片づけてしまう前に、ちょっとだけ冒頭の例文にもう一度戻ってみましょう。恋愛や家族のゴタゴタを説明するには、あまりにも表現がオオゲサではありませんか？　「三世に跨る業」「第二者の業」とありますが、これは藤尾のことです。義兄に束縛されたくない、結婚相手を自分で決めたいと思う藤尾の気持ちが、「業」と呼ばれ、まるで死ななければ治らない罪悪のように見なされています。さらに、その妹に口を出さなかったのは、「隻手を挙ぐれば隻手を失ひ、一目を揺かせば一目を眇す」（片手を挙げれば片手を失い、片目を動かせば片目が見えなくなる）からだ、なんて、化け物退治でもあるまいし、家族間のやりとりを言い表しているとはとても思えない表現です。

つまり、甲野の日記は、結婚や相続をめぐる家族間のいざこざという、プライベートな事柄を、妖怪退治のようなオオゲサな文章で描いているのです。妖怪は義母と義妹、退治するのは長男たる自分です。言うまでもなく現代の読者には、描かれている出来事と、それを言い表す語彙や文体が、かけ離れているように見えます。

漱石はなぜ、家族の間の事柄を、こんなにおおげさな文章で書いたのでしょうか。また、当時の読者はこの文体をどう感じたのでしょうか。実は、ここには、日本における「小説」というジャンルをめぐる、深い事情が介在しています。

◉……………「小説」は輸入品

漱石が『虞美人草』で、大仰《おおぎょう》な漢文体を用い、それゆえ若い読者には十分な効果を得られなかった背景には、「小説」というジャンルがそれまでの日本には存在していなかったことが、深く関わっています。

「小説」は輸入品です。江戸時代以前の日本には、「小説」という文学ジャンルは存在しません。「小説」は、明治時代に、西洋から輸入されたのです。

いま私たちが使っている、フィクションのジャンル名としての「小説」は、坪内逍遥が「ノベル」(Novel)の翻訳語として使い始めたのが広まったものです。Novelとは、市民社会の日常生活を描く文学ジャンルで、ジェイン・オースティンの『高慢と偏見』とか、ダニエル・デフォーの『ロビンソン・クルーソー』が代表作です。ロビンソン・クルーソーの冒険は日常とは言えませんが、無人島という非日常的な環境で、市民的な倫理と生活を実践する点が、まさに小説的なのです。

いずれにせよ、日本では、「小説」は、まず言葉として、実体のない概念として意識されたのです。西洋には小説というものがあって、普通の人の日常生活をリアルに描いていて、数ある文学ジャンルのなかでもっとも大事なものらしい、というふうに。

でも、言葉だけが入ってきても、まだ実物がありません。外国語で書かれた「小説」はたくさんあるけれど、日本語で書かれた「小説」は、まだないのです。

図10　江戸時代の読本、滝沢馬琴『南総里見八犬伝』。伏姫が腹をかき切ると八つの光る玉が虚空に放たれる。

もちろん、「小説」によく似た文学は、江戸時代にもありました。「戯作《げさく》」と総称されるジャンルで、「読本《よみほん》」「人情本《にんじょうぼん》」「滑稽本《こっけいぼん》」などといったジャンルがありました。「読本」の代表作は『南総里《なんそうさと》見《み》八犬伝《はっけんでん》』（一八一四―四二年、図10）です。伏姫《ふせひめ》の胎《はら》から散った八つの光る玉を持って誕生した八人の犬士たちが、悪と戦いながら里見家を再興するという、スケールの大きな勧善懲悪の伝奇物語です。

「人情本」は、市井の男女の色模様を描くもので、為永春水《ためながしゅんすい》『春色梅児誉美《しゅんしょくうめごよみ》』(一八三二—三三年、図11)が明治時代になっても長く愛読されました。「滑稽本」では、弥次さん喜多さんでおなじみの珍道中もの『東海道中膝栗毛《とうかいどうちゅうひざくりげ》』(一八〇二—一四年)が有名です。

図11　江戸時代の人情本、為永春水『春色梅児誉美』。落ちぶれた色男が女たちの活躍で再び成功する。

これらの江戸戯作は、小説によく似ているので、「近世小説」と呼ばれたりもします。しかし、厳密には、近代的な「小説」とは異なります。

では、どこがどう違うのでしょうか。ここで、一八世紀の西洋で産まれた「近代小説」の特色を、江戸戯作と比較しながら整理してみましょう。両者がどう違うかというと、まずプロットとキャラクターです。たとえば「読本」のお約束は、悪が滅びて善が栄えるという勧善懲悪のストーリーです。『八犬伝』の読者は、犬士たちが死闘の末に悪者をやっつける痛快さを楽しんだのです。しかし、近代的な小説は、人間を善悪いずれかのキャラクターに単純に振り分けて描くことはしません。もう少し複雑なものとして、善い面も悪い面もある存在として、人間をとらえようとするのです。

「読本」ではさらに、善悪両陣営とも、人間業では不可能な力を発揮して戦います。しかし、自然科学の万能が信じられていた時代に産まれた近代小説というジャンルは、日常生活では起こらないような超自然現象を嫌います。

実は、坪内逍遥《つぼうちしょうよう》が『小説神髄《しょうせつしんずい》』（一八八五―八六年）で「近代小説」を紹介するときに、「ダメな例」として徹底的に利用したのが、『八犬伝』でした。『八犬伝』は江戸時代に書かれたのですが、むしろ明治になってから、印刷技術の進歩によって広く読まれました。つまり、明治前半期の読者にとって、『八犬伝』は同時代文学の代表なのです。だからこそ逍遥は、みんないいと思っているかもしれないけど、『八犬伝』なんて全然リアルじゃない、と攻撃対象に選んだのです。

どこがいけなかったのでしょうか。

明治は科学信奉の時代です。改良と発展の時代です。文学も、いつまでもありえない非現実的な世界ばかり書いてちゃいけない。それは「女・子供」が喜ぶ幼い単純な文学である。自然科学によって発展してゆく社会に生きる市民が読むにふさわしいジャンルとして、もっと文学を改良して発展させないといけない。これが逍遥の考えでした。このような文学観が知識人層に次第に浸透し、スーパーマンも魔法使いも、「天の不思議な配剤」も、いったん「近代小説」の世界に持ち込まれると、「遅れてる」感が出てしまうようになったのです。

『小説神髄』で逍遙が提唱したのは、リアリズム（写実主義）の文学です。しかし、それが唯一の、もっとも優れた文学ジャンルだと思い込んでしまったところに、時代の趨勢とは言え、『小説神髄』の狭さがありました。

さて、「読本」に比べると、「人情本」と「滑稽本」は、よりリアリズムの小説に近いようです。「色恋」と「笑い」というテーマの違いがあるだけで、どちらも江戸庶民の生活をリアルに描きました。実際、明治時代の小説家たちは、日本語で「小説」というものを産み出すために、「人情本」や「滑稽本」から多くを学んでいます。

しかし、まだ「近代小説」にはたどりつけません。なぜなら文体が違うからです。

◉……小説向きの文体って？

さきほど、「小説」は輸入品だと言いました。モノではなく概念を輸入したのです。「小説」という概念を輸入して、さてその次の課題は、日本語で実際に小説を書くことでした。どういうものかが詳しくわかっていて、外国語とはいえ実例もたくさんあるなら、あとはそのマネをしてみればよいのでは…と思われるかもしれません。明治時代の文学者もそう考えました。しかし現実には、西洋の「小説」の概念が入ってきてから、日本語による小説が完成するまで、ずいぶん長い時間がかかったのです。人によって見解はやや分かれますが、私は日本の文学が、江戸文芸の影響を脱して、いわゆる「近代的な小説」を実現したのは、明治三〇年代後半あたりではないかと考えています。逍遙が『小説神髄』を書いてから、二〇年近くが経過していま す。なぜこれほど長い時間がかかったのでしょうか。

それは、小説というジャンルが輸入され、日本の読者に浸透してゆく期間と、日本語の書き言葉が作りかえられてゆく期間とが、ちょうど重なっているからです。

このことを、もう少し詳しく考えてみましょう。

日本語の書き言葉は、明治時代に大きく変化しています。言文一致化と呼ばれる現象です。江戸時代以来の、「〜候《そうろう》」とか「〜なり」という語尾を持つ文体から、「である」や「だ」、「です・ます」という語尾を持つ、いま私たちが使っている文体が、少しずつ作られていったのが、明治二〇年前後から四〇年前後までの、およそ二〇年間、西暦で言うと、ちょうど一九世紀から二〇世紀への転換期なのです。

こうした言葉の変化の背景には、日本が置かれた状況の激変があります。二百年にわたる鎖国政策を転換して、欧米各国と通商を始めた幕末から明治期の日本は、列強の植民地にならないために、近代国家としてのしくみを短期間のうちに創り上げることが必要でした。そのために、誰もがたやすく理解できる書き言葉を創ることが急務だったのです。

それまでの公式的な書き言葉は漢文です。しかし漢文は習得に時間がかかります。もっと簡単に学べて、誰にでも通じる、話し言葉に近い書き言葉が求められたのです。

この書き言葉の「改良」をリードしたのが、小説でした。新聞記事や論説などでは、古い文体が使われ続けていた一方で、小説では様々な文体の実験が繰り広げられました。小説が、厳密に言えば小説の「地の文」（せりふ以外の部分）が、新しい日本語の形を作っていったのです。山本正秀の調査によれば、明治四〇年頃には、小説の九割が言文一致体になっています（『日本近代文学大事典』の「言文一致運動」の項目による）。

つまり、「日本語で小説を書く」という実験は、「新しい日本語をつくる」という実験でもあったのです。

しかも、そこにはもちろん、読者が存在します。作者が新しい文体を書いてみせても、読者に受け入れられなければ、その文体は残りません。死屍累々たる失敗作の山が存在するゆえんです。新しい文体は、作者と読者の共同作業でできあがっていったのです。

さて、新しい日本語をつくるにあたって、もっとも重要だったのは、語尾です。現代の日本語の文章にも、「ですます調」と「である調」「だ調」などの種類があります。どの語尾を選ぶかで、ずいぶん雰囲気が変わります。たとえば、「ですます」調は、会話でも使われているもので、文章で用いられた場合も、しゃべっている人の存在が感じられます。誰かが誰かに話しかけている感じが出るのです。

一方、「である」調でしゃべる人はいません（いませんよね？　もしいたら、ちょっとおもしろい感じになりそうです。ちなみに『吾輩は猫である』はこのおもしろみを利用しています）。「である」という語尾は、より文章語的で、「客観的な事実を述べている」、というニュアンスが出ます。具体的な場所とか、人とかから、切れている感じが出るのです。

リアリズム小説を日本語で実現するにあたって、「地の文」のお手本になったのは、この「である調」と「だ調」でした。なぜかというと、しゃべっている人の存在を後ろに隠して、あたかも客観的な事実であるかのように、ある事柄を説明したり描き出したりすることができるからです。リアリズム小説を実現するために絶対に必要な客観描写を、この文体ではじめて達成できたのです（みなさんも、ある事柄を客観的なものとして描き出したいときには、「である」調で書いてみて下さい。逆に、書いている人や読んでいる人の存在、「今、読んでいる」という現場を意識してほしいと思ったら、「ですます調」がおすすめです）。

さて、ここまで来て、ようやく『虞美人草』の文体の問題に戻ることができます。「家庭のゴタゴタを、妖怪退治の文体で書いちゃった」問題です。

◉……………文体は「内容識別記号」

これまで見てきたように、明治二〇年頃から明治四〇年頃までの、小説における様々な文体実験のなかから、西洋由来のリアリズム文学にふさわしい、客観的な描写というものを実現できる文体として、日本語の言文一致体が完成してゆきます。

その実験のプロセスについては、非情に煩雑になるので、さっきはわざと省略しました。でも、『虞美人草』を考えるために避けられないので、ひとつだけ、確認をしておきます。言文一致体は、何もないところからいきなり出現したのではなくて、江戸時代まで使われていた古い文体を作りかえてゆくことで完成していった、ということです。

言文一致体の材料になった古い文体には、様々なものがありますが、もっとも大きく見れば、漢文系と和文系に分類できます。このふたつの系統の文体は、場面によって使い分けられていました。それぞれどのような場面で用いられたかを見てみましょう。

まず漢文系の文体ですが、これは法律の条文とか、新聞の論説とか、政治・経済・倫理の分野で、つまりひとことで言えば「公」の分野で用いられました。これに対して和文系の文体は、日記とか、物語とか、「私」の領域で用いられました。このふたつの文体には、ジェンダーの含意もあり、よく知られているように、和文系の文体や文学は、女性のものとされました。逆に、漢文は男性の文章でした。

つまり、明治時代以前の日本の文化においては、万人向けの共通文体というものはなかったのです。いつでもどこでも誰でも使えるオールマイティーの文体というものはなくて、その場その場で、ふさわしい文体を、いちいち選ばなくてはならなかった。書き手の性別とか、文章の内容とか、読む人とか、読まれる場面とかによって、最適な文体を選ぶものだったのです（これは、会話の場合は今でも同じですよね。相手によって人称や敬語や語尾などを変えるということを、日本語を話す人は当たり前のようにやっています。でもこれは、日本語を外国語として学ぶ人には、非常に煩雑なのです）。

日本語の長い歴史のなかでつちかわれてきた、文体にまつわるニュアンスは、言文一致体が成立したあとも受け継がれています。たとえば、「なんたる失態だ……私は慨嘆した」（夏川草介『神様のカルテ』）と漢文調で言うと、何だか堂々とした感じがします。また、「わたくし生国は近江のくに長濱在でござりまして、たんじやうは天文にじふ一ねん、みづのえねのとしでござりますから、当年は幾つになりまするやら。」（谷崎潤一郎『盲目物語』）という和文調は、現代の読者にとっても、どこかやわらかい感じがします。

言文一致体の文章しかほとんど読まない現代の私たちですら、文体にまつわるニュアンスを感じとるのですから、ましてや、このあいだまで文語体を使っていた明治人にとって、文体の違いは大きな識別機能を持っていました。どういう文体で書かれているか、が内容の理解を補うのです。

◉……「教《きょう》育《いく》勅《ちょく》語《ご》」はなぜ漢文調なのか

実例を見てみましょう。次に掲げるのは、戦前の日本で、いちばんよく読まれたと思われる漢文調文体です。

> 朕《ちん》惟《おも》フニ我《わ》カ皇祖皇宗《こうそこうそう》国ヲ肇《はじ》ムルコト宏遠《こうえん》ニ徳ヲ樹《た》ツルコト深厚ナリ我カ臣民《しんみん》克《よ》ク忠ニ克《よ》ク孝ニ億兆《おくちょう》心ヲ一《いつ》ニシテ世世《よよ》厥《そ》ノ美ヲ済《な》セルハ此《こ》レ我カ国体《こくたい》ノ精華ニシテ教育ノ淵源亦実《またじつ》ニ此《ここ》ニ存ス爾《なんじ》臣民父母ニ孝ニ兄弟ニ友《ゆう》ニ夫婦相和《あいわ》シ朋友相信《あいしん》シ恭倹己《きょうけんおの》レヲ持《じ》シ博愛衆《しゅう》ニ及ホシ学ヲ修メ業ヲ習ヒ以テ智能ヲ啓発シ徳器《とっき》ヲ成就シ進《すすん》テ公益ヲ広メ世務《せいむ》ヲ開キ常ニ国憲ヲ重《おもん》シ国法ニ遵《したが》ヒ一旦緩急アレハ義勇公《ぎゆうこう》ニ奉シ以テ天壌無窮《てんじょうむきゅう》ノ皇運《こううん》ヲ扶翼《ふよく》スヘシ…
>
> （「教育勅語」一八九〇［明治二三］年）

「教育勅語」は、戦前期、多くの学校で音読されました。鈴木理恵氏は、大正後期から昭和期にかけて小学校生活を送った五七歳から八五歳の人たちに、一九九四年から九六年にかけてインタビューを行い、「教育勅語」を暗記している人がどれくらいいるかを調査しています。結果は、どの年代でもおよそ七〜八割と、非常に高かったそうです(「大正・昭和期の小学校と教育勅語」『長崎大学教育学部教育科学研究報告』第五五号)。

しかし、当時の小学生が、この勅語の内容を十分に理解できたかというと、かなりあやしいと思います。「爾臣民」とか「父母ニ孝ニ兄弟ニ友ニ夫婦相和シ朋友相信ジ」のあたりは理解できても、全体として、使われている言葉も言い回しも、小学生には難しすぎたでしょう。

では、なぜもっとやさしい文章で書かなかったのでしょうか。

それは、漢文調が持つ「公」の雰囲気を利用したかったからではないでしょうか。難しい言葉で書かれていて、よく意味がわからない。それなのに、漢文調だと、「公」の文章である、国家や法に関わる文章である、というニュアンスが出るのです。

「教育勅語」の音読は、直立不動で聞かねばならないとか、「ご真影」と呼ばれた天皇の肖像への拝礼を伴うなど、きわめて儀礼的に行われたようです。これは、「公」「国家」の威信と、「臣民」としての自分を、漢文調のリズムと声を通して、子供の身体に叩き込む「教育」であったと言えるでしょう。

◉……………乃木希典を〝軍神〟にした「名文」

もうひとつ、やはり戦前期には、「教育勅語」に次いで、よく読まれたと思われる有名な文章をご紹介しましょう。序章でも触れましたが、乃木希典《のぎまれすけ》「第三軍司令官復命書《だいさんぐんしれいかんふくめいしょ》」です。乃木は明治を代表する軍人です。明治天皇に殉死し、そのことで戦前期の文化のなかで神話化され、軍人の鑑《かがみ》とされました。

この「復命書」は、日露戦争の経緯を、指揮官として天皇に報告する文章なのですが、『官報』に掲載されたあと、「名文」として、戦前期の数多くの教科書や名文集、文章読本などに採録され、広く親しまれました。少し読んでみましょう。

明治三十七年五月、第三軍司令官たるの大命を拝し、旅順《りょじゅん》要塞の攻略に任し、六月剣山を抜き、七月敵の逆襲を撃退し、〔…〕五月、各軍と相連《あいつら》なりて、金家屯、康平の線を占め、尋《つい》で敵騎大集団、我が左側背に来襲せしも、之《これ》を駆逐《くちく》し、茲《ここ》に軍隊の整備を畢《おは》り、戦機の熟するを待ちしが、九月中旬、休戦の命を拝するに至れり。

之《これ》を要するに、本軍の作戦目的を達するを得たるは、

［改行ママ］陛下の稜威《りょうい》と、上級統帥部の指導、竝《ならび》に、友軍の協力とに頼る。而《しこう》して作戦十六箇月間、我が将卒の常に勁敵《けいてき》と健闘し、忠勇義烈、死を視《み》ること帰るが如《ごと》く、弾に斃《たお》れ、剣に殪《たお》るゝ者、皆、

［改行ママ］陛下の万歳を喊呼《かんこ》し、欣然《きんぜん》として瞑目《めいもく》したるは、臣之《しんこれ》を伏奏《ふくそう》せざらんと欲するも能《あた》はず。然《しか》るに、斯《かく》の如《ごと》き忠勇の将卒を以《もっ》てして、旅順の攻城には、半歳の長日月を要し、多大の犠牲を供《きょう》し、［…］臣が終世の遺憾にして恐懼《きょうく》措《お》く能《あた》はざる所《ところ》なり。［…］茲《ここ》に、作戦経過概要、死傷一覧表、竝《ならび》に、給養、及《および》、衛生一斑等を具し、謹《つつしん》で復命す。

（『官報』一九〇六［明治三九］年一月一五日）

日露戦争の戦死者は八万人とも言われ、乃木はのちの特攻作戦につながったとも言われる白兵《はくへい》戦（いわゆる肉弾戦）を指揮した人物です。戦死者のなかには、自分の息子たちも含まれていました。引用元の『官報』には、このあと戦死者の名前、出身地、年齢などが延々と続きます。いわばこれは、おびただしい死を背負った文章なのです。

そして、ここで重要なのは、「言葉の意味がちゃんとわからなくても、雰囲気が伝わってしまう」という点です。墓碑銘のように続く死者たちの名が、「国家」の崇高さを下支えし、「崇高な国家」のイメージを効果的に演出するのが漢文調なのです。

「教育勅語」と乃木の「復命書」。このふたつの文章では、ひとつひとつの言葉は、日常で用いない難しいものが多い上に、全体として単純な意味内容しか持っていません。しかし、これらの文章は、戦前の文化のなかで非常に大きな影響力を持ちました。その力の源には、漢文調が私たちに喚起する雰囲気、「公」や「大義」のニュアンスというものが横たわっているのです。

◉……………不安をねじふせる文体

さて、ここでようやく『虞美人草』に戻ることができます。そう、家庭のゴタゴタを妖怪退治の漢文調で書いてしまった、『虞美人草』です。なぜ漱石があんなにおおげさな文体で書いたのか、もうわかりますよね。漱石は、漢文調の持つ雰囲気を利用しようとしたのです。内容から見て、藤尾を死罪にするのは無理がある。それをどこかで自覚しているからこそ、漱石は文体の力で押し切ろうとしたのです。『虞美人草』では、甲野さんの日記以外では漢文調は用いられません。甲野さんの日記の漢文調は、藤尾をねじふせるために極めて効果的に用いられています。

たぶん漱石は、藤尾のような女に対して、大嫌いなのに大好きという、複雑な気持ちを持っていたのではないでしょうか。強くひきつけられると同時に、足元をすくわれそうな不安や恐れを、深いところで感じていたのだと私は思います。男と同じ意識を持った女と、一対一で向き合わないといけない親密な場に不安を感じるから、通俗的な「大義」の看板でそれをねじふせようとしたのです。

近代小説の地の文をつくるために、明治の作家たちがもっとも苦労したのが、漢文を含めた様々な日本語の文体がひきずっていたニュアンスを、いかに切り捨てるか、という点でした。これまでに使われてきた文体には、特定の社会階層や、物語の型がどうしてもまつわりついていて、「客観的」という感じが出ないからです。

これに対して漱石は、文体が持つニュアンスを切り捨てるのではなくて、小説世界を構築するための道具として、いわば演出方法のひとつとして、積極的に利用しようとしたのです。

しかし、時代は新しい読者によって、変化しつつありました。漱石にとって漢詩や漢文を書くことは、とても身近な営みでした。学生時代に友達とやりとりした、ユーモアあふれる漢文・漢詩が残っています。正岡《まさおか》子規《しき》との友情を橋渡ししたのも、漢詩文でした。

しかし、漱石が小説を書き始めた明治四〇年頃には、すでに漢文を読むことはできても、書くことはできない若い世代が台頭していました。そして、漢文を書けない人の人口は、漱石が作家として生きた一〇年の間に、増えてゆく一方だったのです。

もはや自分では書けない文体であるということによって、漢文の「公」感、「非日常」感は、増強されました。漱石の次の世代にとって、漢文は、「向こう側」の、エライ人の文章なのです。

こうした若い読者にとって、家族間の葛藤を漢文調で書くのが、いかにもオオゲサで、時代錯誤だと感じられたのは、無理のないことだったでしょう。明治四〇年はちょうど、新しい文体感覚を持った読者が、主導権を握りつつあった時期でした。

いま読むと『虞美人草』はずいぶん無理のある小説で、漱石自身も晩年は嫌っていたようです。しかし、『虞美人草』の失敗の背景には、漢学を基盤としていた江戸文化から、西洋を追いかける明治文化への、急激な展開があります。その急流のなかで、踏みしめているると信じていた足場が、実はぐらぐらしていたことを思い知らされた苦い記憶は、晩年まで漱石のなかで薄れることはなかったのです。

様々な場面で漱石は、英文学より漢文が好きだ、と繰り返しています。それは、女の存在しない、信頼できる男同士の世界が好きだ、と言っているのと同じです。西洋近代で産まれた「小説」は、男女関係が核となる市民社会の日常生活を描くジャンルです。これに対し、漢文は、「士大夫《したいふ》」――社会的地位のある男性知識人――の文学です。好きな漢文を棄てて、小説家になるという選択は、漱石本人すら思いも寄らぬ亀裂を、新聞デビュー作の、ほかならぬ言葉そのもののうちに、走らせてしまったのです。

誇張する

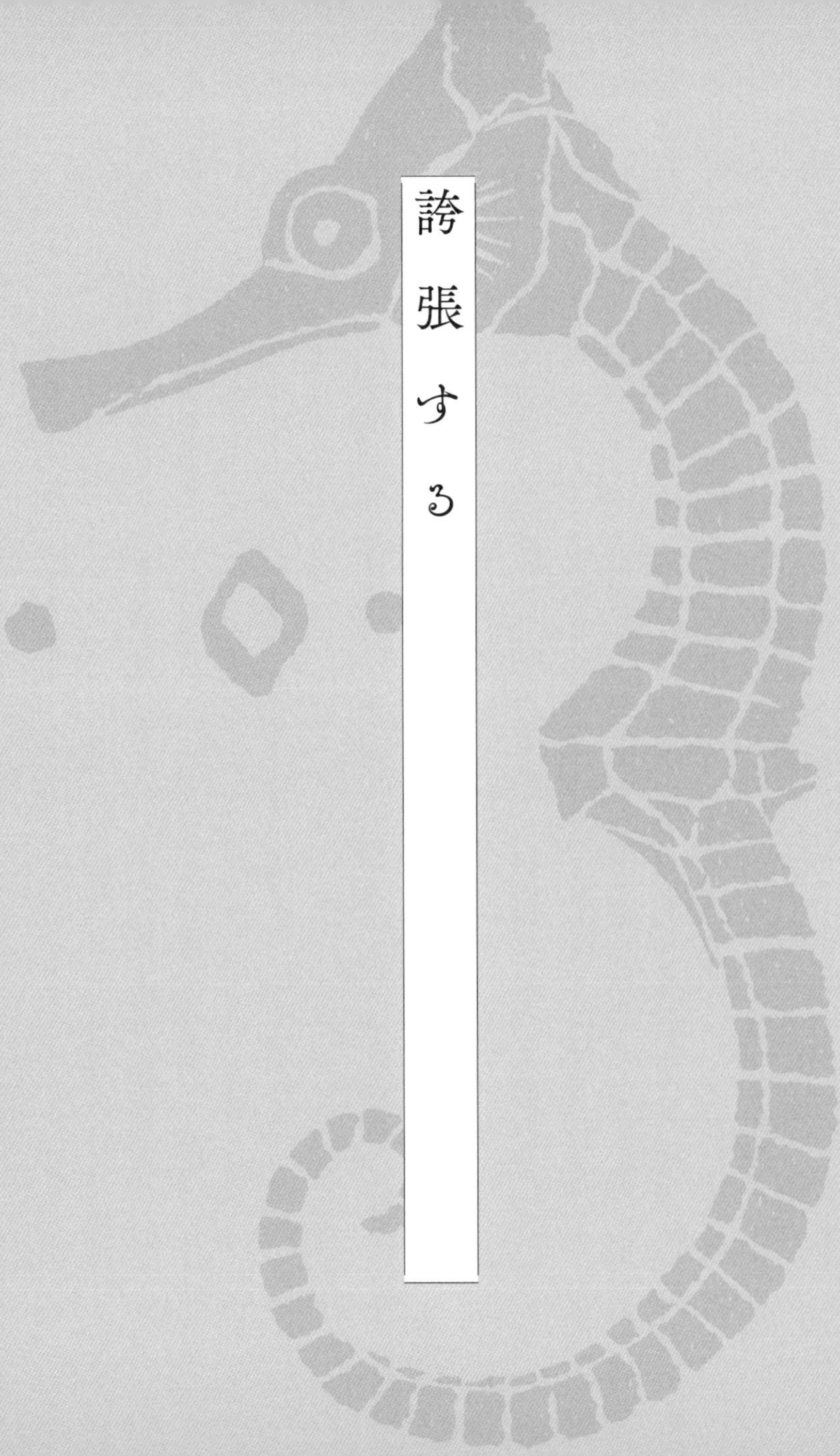

此煩悶《このはんもん》の際《さい》我輩は覚えず第二の真理に逢着した。「凡《すべ》ての動物は直覚的に事物の適不適を予知す」真理は既《すで》に二つ迄《まで》発明したが、餅がくつ付いて居るので毫《ごう》も愉快を感じない。歯が餅の肉に吸収されて、抜ける様に痛い。早く食ひ切つて逃げないと御三《おさん》が来る。小供の唱歌もやんだ様だ、屹度《きっと》台所へ馳《か》け出して来るに相違《そうい》ない。煩悶の極《きょく》尻尾をぐる〱振つて見たが何等《なんら》の功能もない、耳を立てたり寝かしたりしたが駄目である。考へて見ると耳と尻尾は餅と何等の関係もない。要するに振り損の、立て損の、寝かし損であると気が付いたからやめにした。漸《ようや》くの事是《これ》は前足の助けを借りて餅を払い落すに限ると考え付いた。先《ま》づ右の方をあげて口の周囲を撫で廻す。撫でた位で割り切れる訳のものではない。今度は左の方を伸《の》ばして口を中心として急劇《きゅうげき》に円を劃《かく》して見る。そんな呪《まじな》ひで魔は落ちない。辛防《しんぼう》が肝心だと思つて左右交わる〱に働かしたが矢張《やは》り依然として歯は餅の中にぶら下つて居る。えゝ面倒だと両足を一度に使ふ。すると不思議な事に此時丈《このときだけ》は後足二本で立つ事が出来た。何だか猫でない様な感じがする。猫であろうが、あるまいが斯《こ》うなつた日にやあ構《かま》ふものか、何でも餅の魔が落る迄《まで》やるべしといふ意気込みで無茶苦茶に顔中引掻《ひっかき》廻す。前足の運動が猛烈なので稍《やや》ともすると中心を失つて倒れかゝる。倒れかゝる度に後足で調子をとらなくてはならぬから、一つ所に居る訳にも行かんので、台所中あちら、こちらと飛んで廻《まわ》る。我ながらよくこんなに器用に起《た》つて居られたものだと思ふ。第三の真理が驀地《ばくち》に現前する。「危きに臨《のぞ》めば平常なし能《あた》はざる所のものを為《な》し能《あた》ふ。之《これ》を天祐といふ」幸に天祐を享《う》けたる吾輩が一生懸命餅の魔と戦つて居ると、何だか足音がして奥より人が来る様な気合《けはい》である。こゝで人に来られては大変だと思つて、愈《いよいよ》躍起となつて台所をかけ廻る。足音は段々近付いてくる。あゝ残念だが天祐が少し足りない。とう〳〵小供《こども》に見付けられた。「あら猫が御雑煮を食べて踊を踊つて居る」

(『吾輩は猫である』)

◉……………おおげさに言う漢文調

『吾輩は猫である』は、漱石のデビュー作です。中学校で英語を教える苦沙弥《くしゃみ》先生の家を舞台に、妻や子供、下女、苦沙弥先生を訪問する美学者・迷亭《めいてい》や教え子の寒月《かんげつ》くんら、いずれ劣らぬ奇人たちが、天下泰平の駄弁を繰り広げるさまを、苦沙弥先生の飼い猫の視点から描いています。

さて、例文は、猫のお雑煮踊りの場面です。可哀想だけど、笑っちゃう。子供たちと、「御三《おさん》」と呼ばれる下女、苦沙弥先生とその奥さんは、しばらく笑って見物していますが、しまいに苦沙弥先生が「まあ餅を取ってやれ」と「御三」に言います。「御三はもつと踊らせ様《よう》ぢやありませんかといふ眼付《めつき》で細君を見」、「細君は踊は見たいが、殺して迄《まで》見る気はないのでだまつて居」ます。再び苦沙弥先生が「取つてやらんと死んで仕舞《しま》ふ」と言うと、「御三は御馳走を半分食べかけて夢から起された時の様に気のない顔をして餅をつかんでぐいと引」き、吾輩が「凡《すべ》ての安楽は困苦を通過せざるべからず」という「第四の真理」を発見したときには、みな奥座敷に入ってしまっています。猫だけでなく、見物する側の人間たちも、非常に生き生きと切り取られています。

さて、猫のお雑煮踊りとそれを見物する家人たち、それだけでも十分におもしろいのですが、笑いをさらに強調する表現が、ここでは駆使されています。ひとことで言うと、歯に挟まった餅をとろうとする猫、というきわめて日常的で平和でほほえましい（もちろん人間から見れば、ですが）光景が、重々しく、公式的で、もったいぶった調子で描かれるから、余計におかしいのです。

たとえば語彙。「煩悶」「真理」「直覚」「天佑」、これらはすべて哲学や思想、それらに隣接する分野の文章で用いられる、抽象的な概念をあらわす言葉です。「真理」に第一から第三まであるのも、何だか物理の法則みたいです。言い回しも、硬い。「危きに臨めば平常なし能はざる所のものを為し能ふ」とか。前足で口をなでる動作が「口を中心として急劇に円を劃して見る」と言い表されます。真理を発見する様子は「逢着する」「驀地に現前する」です。

ここでは全般に、抽象的な概念をあらわす漢語や漢文調が駆使されています。漢文調は、歴史的に、公の世界で用いられた文章です。戦前までは、法律の条文は漢文調で書かれていました。学術論文や科学の文章も、このような調子で書かれていました。今ではこのような文体は用いられませんが、漢文調には、何か公のことに関することであるという、重々しいニュアンスが、まつわりついているのです。

◉……煩悶の時代

ちなみに、「煩悶」は、この時期の流行語です。明治は、高等教育を受けた青年たちが、生き

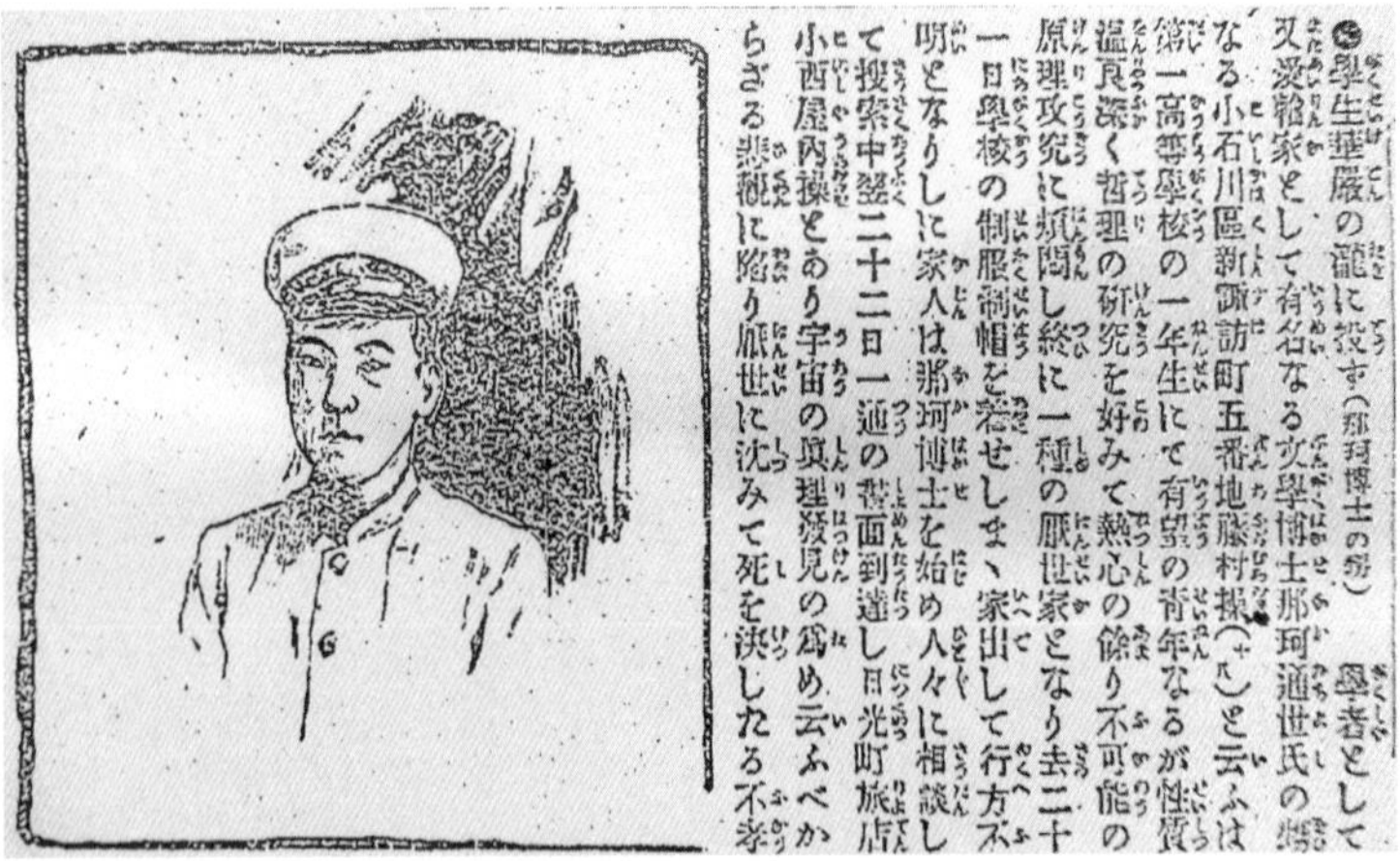

◎學生華厳の瀧に投ず（那珂博士の甥）學者として又愛國家として有名なる文學博士那珂通世氏の甥なる小石川區新諏訪町五番地藤村操(十八)と云ふは第一高等學校の一年生にて有望の青年なるが性質温良深く哲理の研究を好みて熱心の餘り不可能の原理攻究に煩悶し終に一種の厭世家となり去二十一日學校の制服制帽を着せしまゝ家出して行方不明となりしに家人は那珂博士を始め人々に相談して捜索中翌二十二日一通の書面到達し日光町旅店小西屋内操とあり宇宙の眞理發見の爲め云ふべからざる悲觀に陥り厭世に沈みて死を決したる不孝

図12　藤村操の自殺を報じる新聞記事。「哲理の研究を好みて熱心の余り不可能の原理攻究に煩悶し終《つい》に一種の厭世家とな」った、とある。左は、藤村操の肖像。

る意味について、深く哲学的に思い悩んだ時代でもありました。第一高等学校の生徒・藤《ふじ》村操《むらみさお》が、「万有の真相は唯た一言にして悉《つく》す、曰く「不可解」、我この恨《うらみ》を懐《いだい》て煩悶終《つい》に死を決するに至る」という遺書を残して、華厳《けごん》の滝に投身自殺したことが、煩悶の時代を象徴する出来事として注目されたのも、この時期です（図12）。漱石はこれをいち早く取りあげ、よりによって猫の餅踊りに、「煩悶」の語を用いているのです。

漱石は第一高等学校で教鞭をとっており、藤村操も教えていました。実は、宿題をやって来なかった藤村を漱石が叱ったその二日後に、彼は自殺しているのです。この出来事は漱石にとって忘れがたかったようで、「藤村操女子」の名で書かれた「水底の感」という新体詩が残っています（一〇一ページ参照）。水死を甘美なものとして描き出した作品です。その一方で、『吾輩は猫である』では「煩悶」という言葉を笑いのネタに使っているのです。

◉……国家の大事を描く文体

『吾輩は猫である』が書かれた時期ですと、たとえば戦争に関する正式な報告文書などは、漢文調で書かれました（「ねじふせる」の章参照）。苦沙弥先生のもとにも、「華族様」からこんな手紙が送られてきます。

拝啓愈《いよいよ》御多祥《ごたしょう》奉賀《がしたてまつり》候《そう》回顧すれば日露の戦役は連戦連勝の勢に乗じて平和克復を告げ吾《わが》忠勇義烈なる将士は今や過半万歳声裡《ばんざいせいり》に凱歌を奏し国民の歓喜何ものか之に若《し》かん曩《さき》に宣戦の大詔渙発《たいしょうかんぱつ》せらるるや義勇公に奉じたる将士は久しく万里の異境に在《あ》りて克《よ》く寒暑の苦難を忍び一意戦闘に従事し命を国家に捧げたるの至誠は永く銘して忘るべからざる所なり

戦争という国家を挙げての大事を語るのは、このような漢文調の文章であり、漢文調には公、国家、男性といったニュアンスが、抜きがたくまつわりついていたのです。餅を食べた猫を漢文調で描くこの場面は、いま読んでもとてもおもしろいのですが、漢文調を厳粛と感じる感性が、おそらくは現代よりはるかに強かった明治には、相当の破壊力があったのではと思います。

この手紙には続きがあります。軍人遺族の生活をどうするか、という当時の大問題が出てくるのです。

而《しこう》して軍隊の凱旋は本月を以て殆んど終了を告げんとす依《よ》つて本会は来《きた》る二十五日を期し本区内一千有余の出征将校下士卒《かしそう》に対し本区民一般を代表し以《もつ》て一大凱旋祝賀会を開催し兼て軍人遺族を慰藉《いしや》せんが為《た》め熱誠之《これ》を迎へ聊《いささか》感謝の微衷《びちゆう》を表し度就《たくつい》ては各位の御協賛を仰ぎ此《この》盛典を挙行するの幸を得ば本会の面目不過之《これにすぎず》と存候間《ぞんじそろあいだ》何卒《なにとぞ》御賛成奪《ふる》つて義捐《ぎえん》あらんことを只管《ひたすら》希望の至に堪へず候《そろ》敬具

とあつて差し出し人は華族様である。

日露戦争では、およそ七万人の兵士が死亡しました。残された家族の生活をどうするかというのは、有効な保険制度も福祉政策もなかったこの時代、大問題でした。新聞では論争が繰り広げられましたし、二葉亭四迷も、これは「人道問題」である、と強い危機感を示しました。

漱石は『趣味の遺伝』（一九〇六年）という、ほぼ同時期に書いた短編小説で、親友を日露戦争で亡くし、将軍の凱旋に遭遇して、万歳の声のなかで涙する学者の姿を描いています。この学者は、凱旋のあることも知らずに偶然に目撃しているので、ずいぶん呑気《のんき》でもあります。そして、彼の涙は、国家の崇高さへの感動というよりは、生身の人間としての兵士の経験に寄せられたものでもあります。しかし、このような感動が束になって国家主義を形作ってゆくわけですから、大枠では、国家の大事の前に襟《えり》を正していると言えます。

しかし『吾輩は猫である』では、いささか趣が違います。苦沙弥先生はひたすら「金をとられるのはいや」という立場なのです。先ほどの手紙を読んだ苦沙弥先生の反応は次のようなものでした。

主人は黙読一過の後直《ただ》ちに封の中へ巻き納めて知らん顔をして居る。義捐抔《ぎえんなど》は恐らくしさうにない。[…] 如何《いか》に軍隊の歓迎だと云つて、如何《いか》に華族様の勧誘だと云つて、強談《ごうだん》で持ちかけたらいざ知らず、活版の手紙位で金銭を出す様な人間とは思はれない。主人から云へば軍隊を歓迎する前に先《ま》づ自分を歓迎したいのである。自分を歓迎した後なら大抵《たいてい》のものは歓迎しさうであるが、自分が朝夕に差し支へる間は、歓迎は華族様に任せて置《お》く了見らしい。

「軍隊を歓迎する前に先づ自分を歓迎したい」というのは、なかなかよいフレーズですが、こういうセリフを口にしにくい雰囲気も、つくられつつありました。ただ、「自分が朝夕に差し支へる間は、歓迎は華族様に任せて置く」というのが、庶民の本音でもあったでしょう。

◉……二通目の手紙

さて、苦沙弥先生のもとには、これを含めて三通の手紙が届けられます。二通目の手紙はどのようなものでしょうか。

主人は第二信を取り上げたが「ヤ、是《これ》も活版だ」と云つた。

時下秋冷の候《こう》に候処《そろところ》貴家益々御隆盛の段奉賀上候《がしあげたてまつりそろ》陳《のぶ》れば本校儀も御承知の通り[…]臥薪嘗胆《がしんしょうたん》其《そ》の苦辛《くしん》の結果漸《ようや》く茲《ここ》に独力以《もつ》て我が理想に適するだけの校舎新築費を得るの途《みち》を講じ候《そろ》其《そ》は別義にも御座《ござ》なく別冊裁縫秘術綱要と命名せる書冊出版の儀に御《ご》座候《ざそろ》本書は不肖針作《しんさく》が多年苦心研究せる工芸上の原理原則に法《のっ》とり真《しん》に肉を裂き血を絞るの思を為《な》して著述せるものに御座候《ござそろ》因《よ》つて本書を普《あまね》く一般の家庭へ製本実費に些少《さしょう》の利潤を附して御購求を願ひ一面斯道《しどう》発達の一助となすと同時に又一面には僅少の利潤を蓄積して校舎建築費に当《あ》つる心算《しんさん》に御座候《ござそろ》依《よ》つては近頃何共《なんとも》恐縮の至りに存じ候へども

本校建築費中へ御寄附被成下《なくしださる》と御思召《おぼしめ》し茲《ここ》に呈供 仕候《つかまつりそろ》秘術綱要一部を御購求の上御《ご》侍女《じじょ》の方へなりとも御分与被成下候《なしくだされそろ》御賛同の意を御表章《ごひょうしょう》被成下度《なしくだされたく》伏して懇願 仕候《つかまつりそろ》
匆々《そうそう》敬具

大日本女子裁縫最高等大学院
校長　縫田針作　九拝

とある。主人は此鄭重なる書面を、冷淡に丸めてぽんと屑籠《くずかご》の中へ抛《ほう》り込んだ。折角の針作君の九拝も臥薪嘗胆も何の役にも立たなかったのは気の毒である。

だいぶ風向きがあやしくなってきました。この二通目の手紙では、裁逢学校の先生が、自分で書いた「裁逢秘術要綱」という本を売りつけようとしています。裁縫はこの時代、良妻賢母に必須のたしなみです。それだけではなく、女性の職業がまだまだ発達していなかったこの時代、女性が稼げる貴重な技能でもあったのです。樋口一葉《ひぐちいちよう》の『わかれ道』（一八九六年）という小説には、裁縫の腕で自活する女性が登場します。わずかな収入でも、腕がよいと評判になれば、自活も夢ではありませんでした。そのため、裁縫で身を立てようと考える女性はたくさんいました。

日露戦争が終わると、不況の時代がやってきます。妻を専業主婦として養っていける男性の数は、十分ではありませんでした。一方で、女学校教育やメディアは、良妻賢母になるのが女の道、と繰り返しました。主婦の座におさまることのできない女性がどう生きていけばよいか、誰もちゃんと考えていなかったのです。

たとえば、『女子成功《じょしせいこう》』（唯文社）というこの時期に発行された雑誌を見ますと、裁縫学校の広告が山のように出ています。女も手に職を、一番よいのは主婦と両立できて、離婚死別後は自活できる裁縫、という意見も繰り返されます。専業主婦になるのがベストだけど、夫が死んだり病気になることもあるから、そのとき家計を助けられる女であれ、というわけです。しかし裁縫で自活するのはたやすいことではなく、せっかく裁縫学校を出てもまとまった収入には結びつきにくかったようで、裁縫学校を設立して先生になりませんかという、自家中毒のような広告まで出ています。

漱石はこうした状況もよくわかっていたと思いますが、ここでは完全に茶化しています。「大日本女子裁縫最高等大学院校長」という肩書きには、「たかが裁縫で」というニュアンスがあります。「臥薪嘗胆《がしんしょうたん》」「肉を裂き血を絞る」も同様。「たかが裁縫にそこまで」という笑いなのです。

そしてそのオオゲサさを、漢文調が演出しています。

◉……「在巣鴨　天道公平」

さて、三通目の手紙はどうでしょうか。

第三信にかゝる。第三信は頗《すこぶ》る風変りの光彩を放つて居る。状袋《じょうぶくろ》が紅白のだんだらで、飴ん棒の看板の如《ごと》くはなやかなる真中に珍野苦沙弥《ちんのくしゃみ》先生虎皮下《こひか》と八分体《はっぷんたい》で肉太に認《したた》めてある。中からお太《た》さんが出るかどうだか受け合はないが表丈《だけ》は頗る立派なものだ。

若《も》し我を以て天地を律すれば一口《いっく》にして西江《せいこう》の水を吸ひつくすべく、若し天地を以て我を律すれば我は則《すなわ》ち陌上《はくじょう》の塵のみ。すべからく道《い》へ、天地と我と恁麼《いんも》の交渉かある。［…］親友も汝を売るべし。父母も汝に私《わたくし》あるべし。愛人も汝を棄つべし。富貴は固《もと》より頼みがたかるべし。爵禄《しゃくろく》は一朝にして失ふべし。汝の頭中に秘蔵する学問には黴《かび》が生えるべし。汝何を恃《たの》まんとするか。天地の裡《うち》に何をたのまんとするか。神？　神は人間の苦しまぎれに捏造《でつぞう》せる土偶のみ。人間のせつな糞《ぐそ》の凝結せる臭骸《しゅうがい》のみ。恃むまじきを恃んで安しと云ふ。咄々《とつとつ》、酔漢漫《みだ》りに胡乱《うろん》の言辞を弄して、蹣跚《まんさん》として墓に向う。油尽きて灯自《おのずか》ら滅す、業尽きて何物をか遺す。苦沙弥先生よろしく御茶でも上がれ。……

人を人と思はざれば畏るゝ所なし。人を人と思はざるものが、吾を吾と思はざる世を憤るは如何《いかん》。権貴栄達《けんきえいたつ》の士は人を人と思はざるに於て得たるが如し。只他の吾を吾と思はぬ時に於て怫然《ふつぜん》として色を作《な》す。任意に色を作し来れ。馬鹿野郎。……［…］

在巣鴨　天道公平　再拝

末尾に「在巣鴨」とありますが、巣鴨には当時精神科の病院がありました。精神に変調を来している人が書いた手紙という設定のために、わざと文意がとりにくく書いてありますが、全体としては、何も頼りになるものがなく、俗人に凌駕されるしかないこの世界で、高潔の士はいかに生きるべきか、といった内容です。まさに「天の道」「公平」、つまり正義はどこにあるのか、というわけです。

●…………自分をキャラ化して笑う

これは実は、『吾輩は猫である』を貫く主題です。『吾輩は猫である』は、はじめ苦沙弥先生の座敷に場が据えられ、そこに猫、迷亭、細君、寒月、越智東風《おちとうふう》といった、「泰平の逸民」たちが出たり入ったりして、駄弁を弄します。しかし、回を重ねるにしたがって、この天下泰平の座敷に、少しずつ外の世界が侵入してきます。そして、外界の侵入に伴い、苦沙弥先生は、神経衰弱の傾向を強めていくのです。

たとえば金田鼻子《かねだはなこ》。いくつもの会社で重役を務める実業家の夫の勢力を笠に着て、文字どおり鼻持ちならない態度で苦沙弥を見下ろします。それだけでなく、車屋の女房を買収して苦沙弥宅の会話の盗み聞きをさせたり、もと教え子まで抱き込んで、苦沙弥に迫ります。

そして、落雲館《らくうんかん》中学校の生徒たち。ボールが飛んだと言っては、苦沙弥家の敷地に入り込んで大声で騒ぎ、苦沙弥の静かな日々を乱します。彼らは個人としての顔を持たず、ただ、いくつもの声だけが苦沙弥の耳に届きます。その声は次第に、まるで彼の生活を丸裸にするかのような、的確な批判を展開し始めます。

この場面には明らかに、漱石自身の神経衰弱や幻聴の症状が刻み込まれています。鏡子夫人の回想録『漱石の思ひ出』には、イギリスから帰国し、東京帝国大学に講師として勤務した上に、第一高等学校などもかけもちして働いていた時期の漱石の、幻聴の症状に悩まされて家族にあたり散らす様子が、詳細に描かれています。これはちょうど、漱石が『吾輩は猫である』を書き始める時期です。『吾輩は猫である』を執筆している頃の自分をモデルにした、自伝小説『道草』（一九一五年）にも、以下のようにあります。

彼は金持《かねもち》になるか、偉くなるか、二つのうち何方《どっち》かに中途半端な自分を片付けたくなつた。しかし今から金持になるのは迂闊《うかつ》な彼に取つてもう遅かつた。偉くならうとすれば又《また》色々な塵労《わづらひ》が邪魔をした。その塵労の種をよく〳〵調べて見ると、矢つ張《やぱ》り金のないのが大源因になつていた。何《ど》うして好《い》いか解らない彼はしきりに焦《じ》れた。金の力で支配出来ない真《しん》に偉大なものが彼の眼《め》に這入《はい》つて来るにはまだ大分間《だいぶま》があつた。

ギリギリの精神状態にある自分を、キャラ化して笑うことで、何とか切り抜けよう、くつろごうとしてできたのが『吾輩は猫である』という作品なのです。

『吾輩は猫である』を書いたのが三八歳くらい、『道草』を書いたのが四九歳くらい。一番たいへんだったときの自分をこんなふうに語れるまで、十年かかったということかもしれません。いずれにしても、『吾輩は猫である』の笑いの底には、漱石の狂気のような鬱屈があるのです。

おおげさな漢文調を、日常のささいな事柄に用いることで笑いを生むという手法は、漱石に限るものではありません。しかし、漱石がこの手法を用いるときには、とてもはっきりした特徴があるように思います。それは自虐性です。

そして、漢文調は、引き裂かれた漱石の姿を、文体の上でもよく表しています。真面目で狂いそうになってる自分も、その自分を嗤《わら》う自分も、漢文調だからより効果的に表現できたのです。

●…………真面目なものを笑う伝統

これは、日本文学の歴史のなかに、「漢文調をギャグに使う」という豊かな歴史があったから可能になったことでもあると思います。小説というジャンルは、近代になって文学の主要なジャンルになりますが、その母胎は江戸戯作《げさく》です。小説はこういうものだ、という概念は、西洋から入ってくるのですが、実際に日本語で書かれた、「小説に近いもの」は江戸戯作でした。小説の概念は西洋から来ましたが、それを実現するのはあくまで日本語。日本語を使う限り、こうした日本語表現の蓄積は、汲めども尽きぬ豊かな泉なのです。

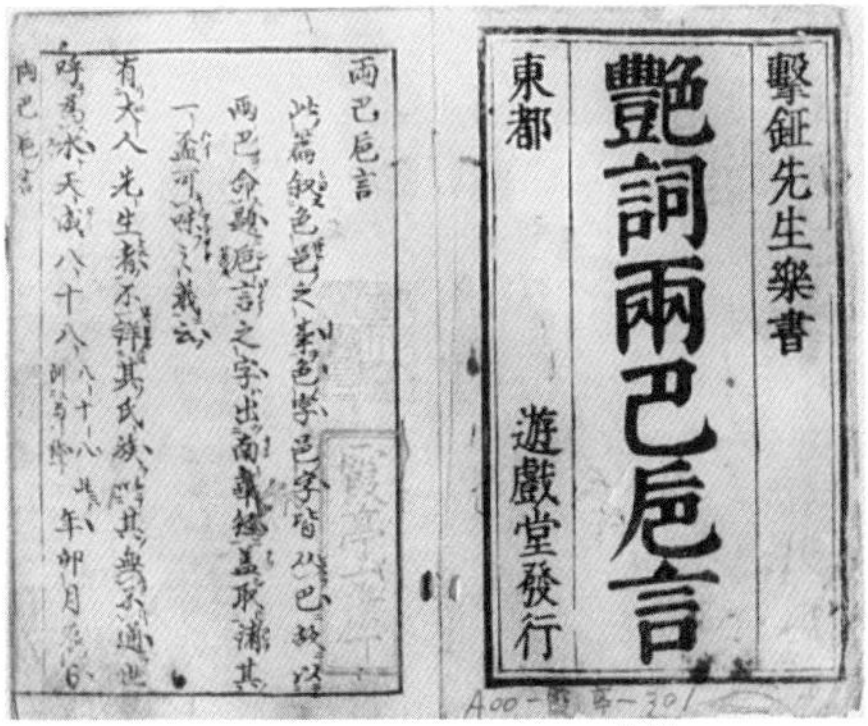

図13　洒落本『両巴巵言』（1728年）。大人《たいじん》先生が吉原での見聞を語る。末尾に吉原の地図、遊女屋や遊女名を掲載。

そして、この江戸戯作の始まりは、武士の余技でした。たとえば洒落本《しゃれぼん》の始まりとされる『両巴巵《りょうはし》言《げん》』（一七二八年、図13）。洒落本とは、遊郭ではどう遊ぶのがカッコイイかを、客と遊女のリアルな会話からなる短い物語で描くジャンルです。今ふうに言うと、風俗マニュアルみたいな面もあります。これが、漢文調で書かれているのです。装丁も、漢文の本を模しています。が、開けば内容はセクシャルな笑いに満ちています。

同じく洒落本に、『遊子方言《ゆうしほうげん》』（一七七〇年）という作品があります。遊郭で野暮な遊び方をする男が徹底して笑われます。作者名は「田舎老人多田爺」すなわち「イナカの老人、ただのジジイ」。読む前からギャグだとわかります。

さきほど、日露戦争の最中に、戦争を漢文調で茶化した漱石の破壊力について述べましたが、この芸には伝統があるのです。漢文には、ギャグ部門が豊かにあった。漢文調をパロディに使う歴史が豊かにあったことが、漱石の笑いを支えています。教養や言葉の歴史は、私たちを救う道を示してくれることもあるのです。

さて振り返って、いま私たちの文学の中心にある小説というジャンルや、私たちが使っている言文一致という文体が、漢文が持っていたような振幅――真面目と笑いという両面性――を持ち得ているでしょうか。ちょっと考え込んでしまいます。

こだわる

【例文】

翻《ひるがえ》つて思ふに余《よ》は漢籍に於て左程《さほど》根底ある学力あるにあらず、然《しか》も余は充分之《これ》を味ひ得るものと自信す。余が英語に於ける知識は無論深しと云ふ可《べ》からざるも、漢籍に於けるそれに劣れりとは思はず。学力は同程度として好悪のかく迄《まで》に岐《わ》かるゝは両者の性質のそれ程に異なる為《た》めならずんばあらず、換言すれば漢学に所謂《いわゆる》文学と英語に所謂文学とは到底《とうてい》同定義の下に一括し得べからざる異種類のものたらざる可からず。

大学を卒業して数年の後、遠き倫敦《ロンドン》の孤燈《ことう》の下に、余が思想は始めて此《この》局所に出会せり。人は余を目《もく》して幼稚なりと云ふやも計りがたし。余自身も幼稚なりと思ふ。斯程《かほど》見易き事を遙々《はるばる》倫敦の果に行きて考へ得たりと云ふは留学生の恥辱なるやも知れず。去れど事実は事実なり。余が此《この》時始めて、こゝに気が付きたるは恥辱ながら事実なり。余はこゝに於《おい》て根本的に文学とは如何《いか》なるものぞと云へる問題を解釈せんと決心したり。

(『文学論』序)

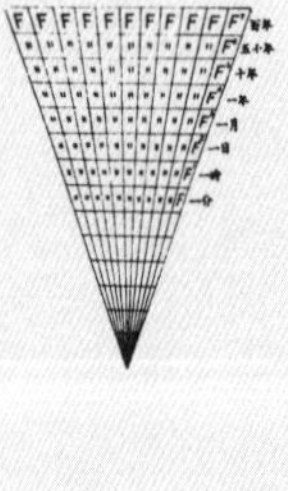

◉……歯をくいしばる漱石

純粋に個人的な好みの話なのですが、私が一番好きな漱石の文章は、『文学論』（一九〇七年）の序文です。何というか、これは、歯ぎしりをしながら書いている。辛抱しがたい、やってられない。でも受け入れるしかない。そんなふうに、歯をくいしばって書いている感じがして、心に残ります。そして、この感情のもつれはまちがいなく、漱石という人の文学と生涯を考える際の要なのです。

『文学論』は、漱石が東京帝国大学で二年間にわたって講義した内容をまとめたもので、英文学者としてはじめて世に問うた学術書です。刊行前に朝日新聞への入社が決まっていますので、これはいわば「英文学者・夏目金之助」への訣別の書とも言えます。漱石は、英文学者として生きることと訣別するとともに、英文学の研究書を出版したのです。

例文として掲げた本書の序文は、学術書としては異例の内容です。こうした本の序文にありがちな、本ができあがる経緯や研究背景の解説、世話になった人たちへの謝辞などは、いっさいありません。この序文で漱石が徹頭徹尾主張しているのは、「英文学」がいかに自分にとって不愉快なものであったか、ということなのです。

そもそも、英文学を学ぼうと思ったきっかけについて、漱石は次のように書いています。

余《よ》は少時《しょうじ》好んで漢籍を学びたり。之《これ》を学ぶ事短かきにも関らず、文学は斯《か》くの如《ごと》き者なりとの定義を漠然と冥々裏《めいめいり》に左国史漢《さこくしかん》より得たり。ひそかに思ふに英文学も亦《また》かくの如きものなるべし、斯《かく》の如きものならば生涯を挙げて之を学ぶも、あながちに悔ゆることなかるべしと。

そもそも英文学を学ぶ決意をしたのは、漢籍が好きだったからである、同じ文学だから英文学も「左国史漢《さこくしかん》」（『春秋左氏伝』『国語』『史記』『漢書』のこと。中国の代表的歴史書で文章の手本とされた）のようなものであろう、それなら人生を賭けても悔いはないと思った、と言っています。「左国史漢」はすべて、現代では歴史書に分類される本です。もっと言えば、日本でも中国でも、文学と歴史は一九世紀以前には未分化なのです。ここには「文学」の語義をめぐる東洋と西洋、前近代と近代のあいだの深いズレがあります。しかし、そのような歴史的な事情は、この頃の人々には、まだはっきりとわからなかったのです。

英文学の勉強を始めた漱石は、いくら学んでも英文学がわからない、という不安に延々と苦しめられることになります。そして、自分は「英文学に欺かれた」のでは、と思い始めるのです。

春秋は十を連ねて吾前《わがまえ》にあり。学ぶに余暇なしとは云はず。学んで徹せざるを恨みとするのみ。卒業せる余《よ》の脳裏には何となく英文学に欺《あざむ》かれたるが如《ごと》き不安の念あり。余は此の不安の念を抱いて西の方《かた》松山に赴むき、一年にして、又《また》西の方熊本にゆけり。熊本に住する事数年未だ此《この》不安の念の消えぬうち倫敦《ロンドン》に来れり。倫敦に来てさへ此《この》不安の念を解く事が出来ぬなら、官命を帯びて遠く海を渡れる主意の立つべき所以《ゆえん》なし。

英文学者として、輝かしいキャリアを積み重ねているように傍目には見えていながら、漱石はずっと内側に潜む不安な気持ちと戦っていたのです。

◉……「英文学」は、まだなかった

ここには少し解説が必要でしょう。「英文学がわからない」というのは、「英語がわからない」ということとは違います。漱石は「好悪」と言っています。つまり漱石の葛藤は、いくら読んでも英文学が好きになれない、英文学はこういうものだとか、英文学のおもしろさはこういうところにあるのだと腑に落ちるところまで行かない、という点にあるのです。

どうしてこんな事態が起こるのか。それはひとつには、漱石が人生の方向を決めようとしてい

た明治二〇年頃／一八九〇年頃の日本国内には、英文学とは何かを概説する本などは、ほとんどなかったからです。「図書館に入《はい》つて、何処《どこ》をどううろついても手掛《てがかり》がないのです」（「私の個人主義」）と、のちに漱石は回想しています。

それだけではありません。富山太佳夫氏は、漱石の前には制度と呼べるほどの英文学は存在しなかった、と述べています（『ポパイの影に 漱石／フォークナー／文化史』）。「「イングランド中心主義」を前にして、ある意味では野蛮で美しい異国でしかなかったスコットランドが、言わばそれにすり寄るためのイデオロギー装置として発明したのが〈英文学〉、正確には〈イングランド文学〉」であり、それはイギリスの伝統などではなく「彼の年齢と同じくらいの歴史しかもっていなかった」というのです。

漱石の苦悩は、歴史的な事情に深く根ざしていました。言いかえれば、漱石の「わからない」という不安は、時代の亀裂を正確に指し示してもいたのです。

◉……………社会進化論の時代

明治は西洋化の時代です。日本の近代化とは、西洋化なのです。そして、漱石が生きた一九世紀後半から二〇世紀前半までのおよそ百年のあいだ、多くの非西洋文化圏においてもまた、近代

図14　福沢諭吉『世界国尽』の「阿非利《あふり》加《か》洲」を紹介する挿絵。

図15　福沢諭吉『世界国尽』の「亜細亜《あじあ》洲」を紹介する挿絵。

化は西洋化と同義でした。その地域や国に応じた多様な発展の仕方を尊重する、多文化主義の見方がある程度浸透した現代から見ると、発展＝西洋化というのは、あまりにも硬直した考え方のように思われるかもしれません。しかし、この時代、こうした考え方の枠組みから逃れることは、たやすくはなかったのです。

図14〜16をご覧ください。これは福沢諭吉《ふくざわゆきち》『世界《せかい》国尽《くにづくし》』（一八六九年）に添えられた挿絵です。この本は、世界の様々な国と地域を、「亜細亜《あじあ》洲」「阿非《あふ》利加《りか》洲」「欧羅巴《よーろっぱ》洲」「北亜米利加《あめりか》洲」「南亜米利加《あめりか》洲」「大洋洲」という六つの地域に分けて、わかりやすく紹介しています。それぞれの地域には、挿絵が添えられています。いくつか見てみましょう。

「阿非利加洲」を紹介する挿絵（図14）では、腰に布をつけた人同士が戦っている様子が描かれてい

図16　福沢諭吉『世界国尽』の「欧羅巴洲《よーろっぱ》」を紹介する挿絵。

図17　ハーバート・スペンサー（1820-1903）。スペンサーの著書は明治の知識人の必読書だった。漱石も大学時代に読み、正岡子規に薦めている。

ます。添えられた文章には、「無智の民 字を知らず 戦うのみ」とあります。「亜細亜洲」はどうでしょうか。らくだとテントが描かれ「いまだ家なくしててんまくの下に居る、あらびやの如し」とあります（図15）。「欧羅巴洲」の挿絵（図16）では、室内でくつろぐ一家が描かれます。父は新聞を読み、母はグランドピアノを弾いています。添えられた文章には、「文明開化の人は書を読み人情おとなしく 楽をなし」とあります。さらに、中国については、官僚制度の腐敗や奢りによって国勢が衰え、西欧列強の支配するところになったと説明されます。

　現代から見ると、げんなりするほど差別的で画一的な文明観が、この『世界国尽』にはあからさまに示されています。こうした文明観の背景にあるのは、社会進化論と呼ばれる考え方です。ダーウィンの種の進化の考え方を社会に応用したもので、世界のあらゆる地域の文化は、同じ道を通って進化するというものです。ハーバート・スペンサー（図17）という学者が主張しました。漱石も若い頃にスペンサーを熱心に読んでいます。スペンサーの考え方は、現代では否定されています。しかし、これが漱石が生きた時代の「世界」の姿なのです。そして、この見方の外側に立つことは、この時代にはとても難しかったのです。

『世界国尽』は、暗誦しやすい七五調で書かれ、小学校の地理の教科書として使用されました。全国の小学生が、この本の世界観を、歌を覚えるように頭と身体に染みこませたのです。そして、「未開野蛮」に墜ちることなく、「欧羅巴」のような開化を目指して学ぶことが至上命題である、と教え込まれました。そのなかに、漱石もまたいたのです。

◉……………「感性を学ぶ」ということ

日本が西洋から学んだのは、テクノロジーに限りませんでした。生活様式や教育制度から時空間の数え方まで、ほとんどすべての分野で西洋化が図られました。芸術も例外ではありませんでした。絵画、彫刻、音楽など、様々な分野で西洋に留学生が派遣され、欧米の芸術思潮と創作方法を日本に持ち帰りました。

しかし、ここで立ち止まって考えてみなくてはなりません。そもそも芸術とは感性の領域です。

何を美しいと感じるか、その感性は、地域や文化によって大きく異なります。感性は、その地域の様々な条件によって、歴史的に育まれます。たとえば、見渡す限りの草原のなかで生きる遊牧民と、テクノロジーの発展した都市空間を当然のものとして享受する都市居住者とでは、何を美しいと感じるか、その対象は大きく異なるでしょう。

しかし、明治の留学生たちは、ヨーロッパの美と感性を学び、それを日本に持ち帰りました。たとえば、画家の黒田清輝《くろだきよてる》は、一八八四年から一八九三年までフランスに留学し、帰国後、東京美術学校などで後進を育てました。彼が留学中や帰国後に描いた作品は、師のラファエル・コランから根本的な影響を受けています。感性を学ぶということは、圧倒的な力関係のもとで自分をつくる、ということなのです。

若くして留学した人々は、留学先で自分というものの核をつくりかえ、つくりあげていくこともできたでしょう。しかし、漱石の留学は中年期です。勉強も初恋も友情も外国で、というわけではありません。日本で生まれ育ち、教育を受けて就職し、結婚して子供が生まれ、それから留学しているのです。人生の大きな選択をし、自分が何者かという輪郭をまがりなりにもつくりあげたあとの留学です。そして、このような場合、現地文化を受け入れる際に、内なる自分と衝突することは、当然多くなるでしょう。人生のどの時期に留学するかというのは、留学の意味を決定する大きな要因です。

漱石は、「英語」「英文学」を学ぶために、文部省からイギリスに派遣されました。そこには「英語」「英文学」とは国家を挙げて学ぶべきものであるという前提が、当然ながらあります。帰国後、後進を育てることも期待されていました。

しかし、漢詩文に深く親しみ、俳人としてすでに名をなしつつあった漱石は、「英文学」を、それらに匹敵する魅力を備えたものとして見出すことができなかったのです。「洋学の隊長」になろうと奮起し、選ばれて留学しましたが、与えられた役割に誠実であろうとすればするほど、そこから離反せざるを得ないというジレンマに漱石は陥ります。そしてそれは、ロンドンの孤独な下宿で、発狂の噂が日本人仲間で囁かれるほどに、彼を追い詰めたのです。

◉……………血まみれの一歩

この章の冒頭で、『文学論』の序文は学術書としては異色のものであると述べました。このことは、この序文に使われる比喩にもよく現れています。「漢学」と「英文学」の落差に気付いた漱石は、文学の社会的役割という側面から、文学という領域の意味に近づこうとします。そして、心理学や社会学、哲学など隣接領域の知見を吸収して、文学の分析に利用しようとします。このあたりの事情は、次のように述べられています。

余《よ》は下宿に立て籠《こも》りたり。一切の文学書を行李《こうり》の底に収めたり。文学書を読んで文学の如何《いか》なるものなるかを知らんとするは血を以て血を洗ふが如き手段たるを信じたればなり。

やっぱり学術書の序文とは思えない文章です。血なまぐさい。しかしこれは誇張ではないのです。『文学論』執筆当時の自分をモデルにした小説『道草』では、はじめて創作の筆をとる自身の姿をこんなふうに描いています。

赤い印気《いんき》で汚ない半紙をなすくる業《わざ》は漸《ようや》く済んだ。新らしい仕事の始まる迄《まで》にはまだ十日の間があった。彼は其《その》十日を利用しやうとした。彼は又《また》洋筆《ペン》を執《と》つて原稿紙に向つた。

健康の次第に衰へつゝある不快な事実を認めながら、それに注意を払はなかつた彼は、猛《もう》烈《れつ》に働らいた。恰《あたか》も自分で自分の身体《からだ》に反抗でもするやうに、恰《あたか》もわが衛生を虐待するやうに、又己《おの》れの病気に敵討《かたきうち》でもしたいやうに。彼は血に餓《う》えた。しかも他《ひと》を屠《ほふ》る事が出来ないので已《やむ》を得ず自分の血を啜《すゝ》つて満足した。

予定の枚数を書き了《お》へた時、彼は筆を投げて畳の上に倒れた。

「あゝ、あゝ」

彼は獣《けだもの》と同じやうな声を揚《あ》げた。

ここでもまた血のイメージが登場します。しかも「自分の血を啜」るという、生々しく、差し迫った表現で。やりばのない苛立ちが、自分自身を蝕み、壊してゆきます。

日本は西洋化に成功した国と言われます。確かに、テクノロジーや社会制度の分野では、そう言ってもよいでしょう。しかし、芸術文化の分野ではどうでしょうか。漱石は、何を美と感じるかという感性の領域において、国と国の間のシビアな力関係が、いかに残酷な力をふるうか、ときに「後進」国から来た者の感性を押し潰すかを、つぶさに体験しました。そして、押し潰されるぎりぎりのところで、引き裂かれた自分自身の血を啜ることで、次の一歩を摑むのです。血まみれの一歩と言っていいでしょう。自分を引き裂いて次に進むという姿に、強い印象を受けます。

それほどまでに、この時代、社会進化論の見方を相対化するのは難しいことでした。そして、次の一歩とは、英文学者であることと訣別することだったのです。

◉……………空転する時代

空転する時代に押し流され、その空虚を身を以て生きてしまったことへの歯ぎしり。これはひとり漱石だけのものではありませんでした。たとえば森鷗外《もりおうがい》は、『空車《むなぐるま》』（一九一六年）というエッセイで、西洋文化の移入に捧げた自分の人生を、からっぽの巨大な車にたとえています。また『サフラン』（一九一四年）というエッセイでは、「名を知って物を知らぬ片羽《かたわ》になつた。」と自身を評しています。

そして、興味深いのは、漱石も鷗外も、西洋文化の移入に身を捧げてねばならなかった自分を、このように突き放して見るための足場を、漢文から得ていることです。

鷗外は晩年、歴史小説から史伝というジャンルへと進みます。そこでは、明治が切り捨てた「封建《ほうけん》」の世に生きる武士の誇りがテーマです。

漱石は、鷗外とは対照的に、『明暗《めいあん》』（一九一六年）という優れて近代的な小説の世界を切りひらくという仕事を成し遂げる晩年でした。しかしながら、それは実は、漢文の世界と背中合わせでした。『明暗』を午前中に書き、午後は漢詩を作っていたというエピソードは有名です。おそらくは、漢学の教養があったからこそ、内面心理を顕微鏡で解剖するような『明暗』の世界を描き得たのです。西洋文化の内面化を可能にしたのは、漢文という、西洋を相対化する足場を持ち続けたからでした。

『文学論』序文で漱石は、ほとんど歯をくいしばりながら、「英文学」の学徒としての半生を回顧しているように見えます。『文学論』という本ができあがるまでのことを、漱石は次のように語っています。

如何《いか》に不愉快のうちに胚胎し、如何に不愉快のうちに組織せられ、如何に不愉快のうちに講述せられて、最後に如何に不愉快のうちに出版せられたるかを思へば、

漢文の対句《ついく》調による、たたみかけるような反復が、高まってゆくやり場のない「不愉快」を、雄弁に伝えます。英文学の研究書の序文が、漢文調で書かれねばならなかったことには、きわめて深い必然性があったのです。

◉……破れることは生まれること

漱石の転機はいつも、何かの枠組みを突き破ることで、訪れています。枠組みのなかで生きることに破綻することで、枠を破って生まれ出てきた新たな自分と出会い、次のステージへと押し出されていくのです。

英文学者としてのはじめての本である『文学論』は、「英文学」への疑いと訣別によって、いわば「英文学」を食い破ることによって、発想の端緒を得ています。しかし、その学術書『文学論』は未完で、これを完成させることなく、文学研究というものじたいを「学理的閑文字」と切り捨てる立場を手に入れることで、創作の世界に船出します。

新聞屋が商売ならば、大学屋も商売である。［…］休《や》めた翌日から急に背中が軽くなつて、肺臓に未曾有《みぞう》の多量な空気が這入《はい》つて来た。

学校をやめてから、京都へ遊びに行つた。其地《そのち》で故旧《こきゅう》と会《かい》して、野に山に寺に社《やしろ》に、いづれも教場よりは愉快であつた。鶯《うぐひす》は身を逆《さかし》まにして初音《はつね》を張る。余《よ》は心を空《そら》にして四年来の塵《ちり》を肺の奥から吐き出した。是《これ》も新聞屋になつた御陰《おかげ》である。

（「入社の辞」）


さらに、新聞に小説を書くようになってからも、その作風はほぼ一作ごとに変貌してゆきます。詳しくは「ねじふせる」の章をご覧いただきたいのですが、漢詩文というもっとも好きな趣味の限界を思い知ることで、近代小説の世界を切りひらいたのです。

◉………引き裂かれつつ語る

漱石はさらに、新聞小説家として生きることで、英文学を切り捨てた自分も、英文学を相対化する足場としての漢学も否定し、そのことで近代小説というジャンルを切りひらいてゆきます。皮肉なことに、漱石の小説はだんだん、あれほどわからないと苦しんだはずの西洋近代小説に、近づいてゆきます。

作家になってからも、漱石は、西洋文学の最先端を紹介する文学雑誌を購読し、話題作は丸善に注文して取り寄せ、イギリスのみならず、フランス、ロシア、ドイツ、北欧などの現代小説を英訳で、メモを取ったりしながら精力的に読んでいました。

履歴の上では漱石は、大学教師をやめて小説家になったということになります。しかし、英文学者・漱石と、作家・漱石は、幾重にもねじれ、絡み合っています。そのダイナミックな運動は、彼の小説に劣らず、人の眼を奪うものです。そして、この破綻すれすれの、自己分裂とも見まごう運動が、漱石の精神の若さを可能にしたのではないでしょうか。漱石の小説は一作ごとに姿を変え、遺作『明暗』の現代性は、未だ衰えを知りません。命が、その精神の若さに追いつかなかったように、私には見えます。

漱石という人は、彼が残した作品よりも、はるかに大きい存在です。小説も、俳句も、漢詩も、英文学研究も、彼の一部に過ぎません。歴史が大きく動いた時代に、異なる文化の間で引き裂かれた状態に耐え続けたこと、その分裂の深さ、そして引き裂かれながらもそこから言葉を紡ぎ出し続けた生き様。そこに漱石というひとに私が目を奪われるところがあります。

ただよう

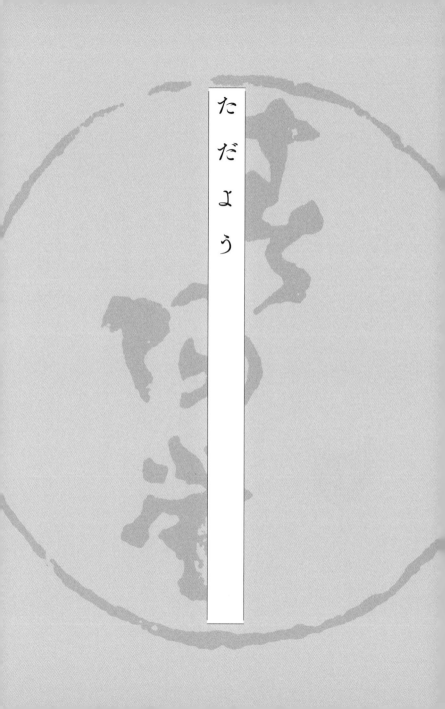

【例文】

紅《くれなゐ》を弥生《やよひ》に包む昼酣《ひるたけなは》なるに、春を抽《ぬき》んずる紫《むらさき》の濃き一点を、天地《あめつち》の眠れるなかに、鮮やかに滴《した》たらしたるが如《ごと》き女である。夢の世を夢よりも艶《えん》に眺めしむる黒髪を、乱る丶なと畳める鬢《びん》の上には、玉虫貝《たまむしかい》を冴々《さえ〱》と菫《すみれ》に刻《きざ》んで、細《ほそ》き金脚《きんあし》にはつしと打ち込んでゐる。静かなる昼の、遠き世に心を奪ひ去らんとするを、黒き眸《ひとみ》のさと動けば、見る人は、あなやと我に帰る。半滴のひろがりに、一瞬の短かきを偸《ぬす》んで、疾風《しつぷう》の威を作《な》すは、春に居て春を制する深き眼《まなこ》である。此《この》瞳を遡《さかのぼ》つて、魔力の境を窮《きわ》むるとき、桃源に骨を白うして、再び塵寰《じんかん》に帰るを得ず。只《ただ》の夢ではない。糢糊《もこ》たる夢の大いなるうちに、燦《さん》たる一点の妖星が、死ぬる迄《まで》我を見よと、紫色の、眉近く逼《せま》るのである。女は紫色の着物を着て居る。

（『虞美人草』）

◉……恋愛を演出する美文調

ちょっと難しい文章ですね。古文のようです。日常では使わない語彙がちりばめられていますし、語尾も現在形で、小説の地の文としては異様な感じです。これは『虞美人草《ぐびじんそう》』のヒロインの藤尾《ふじお》という女性が、はじめて物語に登場する場面の文章です。美しく誇り高い藤尾が、男を虜にし、死に至らしめるファム・ファタール（運命の女）として提示されています。

このような文体は、当時「美文」と呼ばれて、とても人気がありました。漱石ははじめ、こういう華麗な文章が書ける人ということで、評判になったのです。詩的な語彙が対句調で綴られ、「魔力の境を窮むるとき、桃源に骨を白うして、再び塵寰に帰るを得ず」と、中国東晋の詩人・陶淵明《とうえんめい》『桃花源記《とうかげんのき》』も織り込まれています。こういう文章を、当時の人々は、文章のお手本としていたのです。

「美文」とは、明治二〇年代に言文一致運動が起こったあと、その反動として、明治三〇年代末頃まで流行した文章のスタイルです。

明治のはじめに言文一致体が現れたとき、前近代の教養を身につけた人たちの多くは、違和感を抱きました。「冗長」で「卑近」で「品格に欠ける」などと感じられたのです（「歩く」の章参照）。

明治二八年に日本が日清戦争に勝利したあと、国内ではナショナリズムが強まり、伝統文化への回帰の風潮が強まります。「美文」はこの風潮のなかで広まったスタイルで、近代以前の文章のレトリックを駆使して、自然美などを格調高く描きました。徳冨蘆花《とくとみろか》『自然と人生』（一九〇〇年）や高山樗牛《たかやまちょぎゅう》『わが袖の記』（一八九七年）、国木田独歩《くにきだどっぽ》『武蔵野』（一八九八年）などがその代表です。これらはいずれも、自然のなかで抱く感慨を美しく綴る作品で、現代では紀行文やエッセイに分類されるような文章です。

漱石はこの「美文」を、小説文体のひとつとして利用しました。どのような場面で用いたかというと、とくに恋愛に関わる部分で効果的に使ったのです。

明治期の文化には、西洋文化における恋愛の神聖なイメージをどう移植するか、という課題がありました。江戸時代の文化においては、男女関係は「色事《いろごと》」であって、神聖でもなければプラトニックでもありません。「肉体関係ありき」なのは当たり前のことであり、また身代をつぶして女に入れあげる男を冷静に批判する常識もあったのです。

しかし明治になって、キリスト教的な恋愛観が入ってきます。序章で見ましたが、たとえば北村透谷は、いかに男女の関係を崇高で神聖なものに切り換えるかという点で苦闘しました。透谷をはじめとする文学者や芸術家・思想家たちは、キリスト教を経由することで、男女関係を神聖なものへと格上げしようとしたのですが、漱石は文体でそれをやったと思います。

ただよう

◉………美文と新体詩

新体詩とは、明治初期以降に、西洋の詩の影響を受けて作られた新しい形式の詩で、多くは七五調の文語定型詩です。同じく七五調などの定型のリズムによって、漢語や雅語などをちりばめて綴られる美文は、新体詩ととても縁の深いものです。詩と散文というジャンルの違いはありますが、レトリックや語彙は重なっています。

美文や新体詩で恋愛の神聖さや非日常感を表現するという方法は、初期の中編小説『野分《のわき》』（一九〇七年、図18）ですでに見られます。『野分』に登場する恵まれた青年・中野には美しい許嫁がおり、彼の前途は洋々たるものです。恋にときめく若いふたりの姿は、華やかな小道具とともに、新体詩で彩られます。

図18　『野分』初版扉。社会の変革を誓う文学者と、2人の対照的な青年の姿とを描く。

白き蝶の、白き花に、
小き蝶の、小き花に、
　みだるゝよ、みだるゝよ。
長き憂は、長き髪に、

暗き憂は、暗き髪に、
　みだるゝよ、みだるゝよ。
いたづらに、吹くは野分の、
いたづらに、住むか浮世に、
白き蝶も、黒き髪も、
　みだるゝよ、みだるゝよ。

と女はうたい了《おわ》る。銀椀《ぎんわん》に珠《たま》を盛りて、白魚《しらうお》の指に揺《うご》かしたらば、こんな声が出様《でよう》と、男は聴きとれて居た。［…］女は何にも云はずに眼を横に向けた。こぼれ梅を一枚の半襟の表《おもて》に掃《は》き集めた真中に、明星《みょうじょう》と見まがふほどの留針が的皪《てきれき》と耀《かがや》いて、男の眼を射る。

女の振り向いた方には三尺の台を二段に仕切つて、下には長方形の交趾《こうち》の鉢に細き蘭が揺《ゆ》るがんとして、香の烟《けむ》りのたなびくを待つてゐる。上段にはメロスの愛神《ヴィーナス》の模像《もよう》を、ほの暗き室《へや》の隅《すみ》に夢かと許《ばか》り据《す》ゑてある。

花、蝶、長い黒髪が乱れあう新体詩の世界は、半襟と留針、蘭の花、香の烟りをちりばめる地の文の美文調に、違和感なくつながってゆきます。ヴィーナスの連想も重要です。西洋文化を経由することで、男女の間柄は、江戸的な「色事」から神聖な「恋愛」へと離陸したのです。その際、美文や新体詩が、夢のような世界に漂う男女の恋心を表現する器として、効果的に利用されました。

◉……漱石の新体詩

漱石は小説家になりましたが、幼少期から晩年にいたるまで、一貫して詩を愛していました。俳句や漢詩を作り続けたことはよく知られていますが、実は新体詩もつくっています。たとえば、華厳《けごん》の滝に入水した第一高等学校生徒・藤村操《ふじむらみさお》の名で書かれた次のような詩があります。

水底の感　　藤村操女子

水の底、水の底。住まば水の底。深き契《ちぎ》り、深く沈めて、永く住まん、君と我。
黒髪の、長き乱れ。藻屑もつれて、ゆるく漾《ただよ》ふ。夢ならぬ夢の命か。暗からぬ暗きあたり。
うれし水底。清き吾等《われら》に、譏《そし》り遠く憂《うれ》透らず。有耶無耶《うやむや》の心ゆらぎて、愛の影ほの見ゆ。

水中世界に漂い、我を失うことへのあこがれは、漱石の作品に繰り返し登場します。『草枕《くさまくら》』（一九〇六年）のヒロイン那美《なみ》さんは、ジョン・エヴァレット・ミレイの名画「オフィーリア」（図19）さながら、苦痛のない水死のポーズを画家に待望されますし、『それから』（一九〇九年）の

図19　ラファエル前派を代表する画家ジョン・エヴァレット・ミレイの「オフィーリア」。ハムレットに拒否されたオフィーリアの水死を、色とりどりの花々に囲まれた甘美なものとして表現している。

代助《だいすけ》は、水中世界を描いた青木繁《あおきしげる》の「わだつみのいろこの宮」という絵画に深い安らぎを感じます。この新体詩もそのような、深い水の底の平安への憧れを、より直接的に表現したものと見てよいでしょう。

そもそも漱石には、時間の流れない世界への憧れが根強くあります。初期の『幻影《まぼろし》の盾《たて》』（一九〇五年、図20）という短編の末尾では、次のように述べています。

百年の齢《よは》ひは目出度《めでたく》も難有《ありがた》い。然《しか》しちと退屈ぢや。楽《たのしみ》も多からうが憂《うれい》も長からう。水臭い麦酒《ビール》を日毎に浴びるより、舌を焼く酒精《アルコール》を半滴味はう方が手間がかゝらぬ。百年を十で割り、十年を百で割つて、贏《あま》す所の半時に百年の苦楽を乗じたら矢張《やは》りやはり百年の生を享《う》けたと同じ事ぢや。泰山もカメラの裏《うち》に収まり、水素も冷ゆれば液となる。終生の情けを、分《ふん》と縮め、懸命の甘きを点と凝《こ》らし得るなら――然しそれが普通の人に出来る事だらうか？――この猛烈な経験を嘗《な》め得たものは古往今来《こおうきんらい》ヰ《ウィ》リアム一人《いちにん》である。

また、同じく初期短編の『一夜《いちや》』（一九〇五年）では、『草枕』に先立って、女が絵になる一瞬が話題の中心になります。

女へ洗える儘《まま》の黒髪を肩に流して、丸張りの絹団扇《うちわ》を軽く揺がせば、折々は鬢《びん》のあたりに、そよと乱るゝ雲の影、収まれば淡き眉の常よりも猶《なお》晴れやかに見える。桜の花を砕いて織り込める頬《ほお》の色に、春の夜の星を宿せる眼を涼しく見張りて「私も画になりましよか」と云ふ。はきと分らねど白地に葛《くず》の葉を一面に崩して染め抜きたる浴衣の襟《えり》をこゝぞと正せば、暖かき大理石にて刻める如《ごと》き頸筋《くびすじ》が際立ちて男の心を惹《ひ》く。

「其儘《そのまま》、其儘《そのまま》、其儘《そのまま》が名画ぢや」と一人が云ふと

「動くと画《え》が崩れます」と一人が注意する。

「画になるのも矢張《やは》り骨が折れます」と女は二人の眼を嬉しがらせうともせず、膝に乗せ

図20　『幻影の盾』表紙。中世騎士道ものの世界を舞台とする悲恋物語。

た右手をいきなり後ろへ廻はして体をどうと斜めに反らす。丈《たけ》長き黒髪がきらりと灯を受けて、さら〳〵と青畳《あおだたみ》に障《さわ》る音さへ聞える。

「南無三《なむさん》、好事《こうず》魔多し」と髯《ひげ》ある人が軽く膝頭を打つ。「刹那《せつな》に千金を惜しまず」と髯《ひげ》なき人が葉巻の飲み殻を庭先へ抛《たた》きつける。

『虞美人草』の藤尾は、死んで酒井抱一《さかいほういつ》の屏風のなかの虞美人草の花になります。『三四郎』（一九〇八年）で三四郎《さんしろう》と美禰子《みねこ》の出会いが、小説の最後で一枚の絵に描きとめられるのは、周知のとおりです。『一夜』の「女」も、『草枕』の那美さんも、『虞美人草』の藤尾も、『三四郎』の美禰子も、漱石文学のヒロインたちは、美しい画中の人となることを、一貫して待望されるのです。

小説というジャンルは通常、時間を追って展開する出来事から構成されます。しかし初期の漱石は、そのような小説ジャンルの常識に挑戦するかのように、特権的な瞬間の成就を、小説で表現しようとする試みをくり返しました。それは、漱石自身の資質や好みに、深く根ざしていたと思われます。

●……新体詩のイメージ

さて、漱石が作家として活躍し始めた時期には、新体詩という新興ジャンルは、当時の文学者や読者たちにどのようなイメージで受け止められていたのでしょうか。ここでは、明治時代の辛口批評家・齋藤緑雨《さいとうりょくう》のパロディ作品から探ってみましょう。緑雨は、この新興ジャンルの特徴を、パロディの形で見事にとらえています。まずは軍歌から見てみましょう。

軍歌と新体詩というと、縁遠いように見えるかも知れませんが、たいへん深いつながりがあります。日清戦争と日露戦争が起こった頃には、文芸雑誌などに、戦争を歌う新体詩が多数掲載されました。戦争を賛美する風潮のなかで量産される勇ましい軍歌を、パロディにしたのが次の詩です。

懸賞募集軍歌調

（其一）
いざや喰《く》らはん椀《わん》の飯《めし》
片手《かたて》に箸《はし》を取上《とりあ》げて
煮豆味噌汁香《にまめみそしるこう》の物《もの》
腹《はら》のふくるゝそれ迄《まで》は

（其二）
残忍苛酷《ざんにんかこく》の債権者《さいけんしゃ》
支払命令差向《しはらいめいれいさしむ》けつ

供託金《きょうたくきん》を上納《じょうのう》し
強制執行申請《きょうせいしっこうしんせい》す
解除願《かいじょねが》はゞ速《すみ》かに
元利《ぐわんり》揃《そろ》へて完済《くわんさい》し
告知書《こくちしょ》を得《へ》て債務者《さいむしゃ》は
ほつと一息安堵《ひといきあんど》せよ

七五調で戦争を賛美する景気のいい新体詩は、文芸雑誌や総合雑誌に溢れていました。緑雨は見事にそれを笑いに転化しています。

◉……苦沙弥《くしゃみ》先生の戦争詩

実は漱石にも軍歌調新体詩のパロディがあります。『吾輩は猫である』の苦沙弥先生が、戦争を歌う新体詩の流行に乗って、ひとつ作ってみるのです。

「大和魂《やまとだましい》！　と叫んで日本人が肺病やみの様な咳をした」

「起し得て突兀《とっこつ》ですね」と寒月《かんげつ》君がほめる。

「大和魂！　と新聞屋が云ふ。大和魂！　と掏摸《すり》が云ふ。大和魂が一躍《いちやく》して海を渡つた。英国で大和魂の演説をする。独逸《ドイツ》で大和魂の芝居をする」［…］

「東郷大将が大和魂を有《も》つて居る。肴屋《さかなや》の銀さんも大和魂を有つて居る。詐偽師《さぎし》、山師《やまし》、人殺しも大和魂を有つて居る」

「先生そこへ寒月も有つて居るとつけて下さい」

「大和魂はどんなものかと聞いたら、大和魂さと答へて行き過ぎた。五六間《ごろっけん》行つてからエヘンと云《い》ふ声が聞こえた」

「その一句は大出来だ。君は中々文才があるね。それから次の句は」

「三角なものが大和魂か、四角なものが大和魂か。大和魂は名前の示す如《ごと》く魂である。魂であるから常にふら〳〵して居る」

「先生大分面白う御座《ござ》いますが、ちと大和魂が多過ぎはしませんか」と東風君が注意する。

「賛成」と云つたのは無論迷亭である。

「誰も口にせぬ者はないが、誰も見たものはない。誰も聞いた事はあるが、誰も遇《あ》つた者がない。大和魂はそれ天狗の類か」

主人は一結杳然《いっけつようぜん》と云ふ積《つも》りで読み終つたが、流石《さすが》の名文もあまり短か過ぎるのと、主意がどこにあるのか分りかねるので、三人はまだあとがある事と思つて待つて居る。いくら待つて居ても、うんとも、すんとも、云はないので、最後に寒月が「それぎりですか」と聞くと主人は軽く「うん」と答へた。うんは少し気楽過ぎる。

こちらも緑雨作に劣らぬ痛快なパロディです。新体詩でさんざん用いられた紋切り型の語彙を、徹底的に笑っています。

◉……漱石の戦争詩

こんなふうに、新体詩のこなれなさを笑いのネタにしていた漱石ですが、もう少し真面目に書いたのではと思われる戦争詩もあります。「従軍行《じゅうぐんこう》」という詩です。

吾に讐《しゅう》あり、艨艟《もうどう》吼《ほ》ゆる
讐はゆるすな、男児の意気。
吾に讐あり、貔貅《ひきゅう》群がる、
讐は逃すな、勇士の胆。

色は濃き血か、扶桑《ふそう》の旗は、
讐を照さず、殺気をこめて。

これが詩としてうまいかどうかは、なかなかに微妙なところです。与謝野鉄幹《よさのてっかん》の詩の調子にも似ています。流行のスタイルであったことはまちがいありませんが、今読むとどうも漱石が真面目に書いたのかどうか疑いたくなるところがあります。照れくさかったのか、自分の詩に自分でツッコミを入れているようなメモが残されています。

新体詩、「僕は新体詩を作つたから見てくれ給へ　従軍行と云ふのだ帝国文学へ投書したから今に出るだらう」「それは面白いだらう見せ給へ、エー何だつて抑《そもそ》も敵は讐《しゅう》なれば、成程御尤《ごもっと》もだ、油断をするな士官下士官、何だか妙だね」「敵は讐だといふのだから別に妙な事もないぢやないか」「それが余《あま》り尤《もっと》も過ぎて妙だと云ふのさ何となく可笑《おかし》いしかのみならず油断をするな士官下士官とはなんだまるで狂歌の下の句見た様だね」「然《しか》し士官、下士官と士官を重ねた処が甘《うま》いだらう」「恐らく三日三晩苦心したのだらう」［…］然《しか》し戦争の詩歌も段々出来た様だが中々面白いのがあるよ先達《せんだつ》て僕の知つて居る奴でいやに傲慢な人を馬鹿にする男が御多分《ごたぶん》に洩《も》れず頗《すこぶ》るまづい詩を作つたのさ［…］人に褒め

られて喜んで居る世は様々のものさ夫《それ》から見ると君の新体詩の方が下手といふ丈《だけ》だからまだ罪がない

『吾輩は猫である』におけるやりとりにつながっていく気配も、ここには感じられます。新体詩が好きな自分と、新体詩を笑ってしまう自分の間のやりとりが、創作に結びついたのかも知れません。

●……………新体詩のパロディ

いずれにせよ、漱石と齋藤緑雨は、軍歌調の新体詩だけでなく、新体詩という新しいジャンルじたいへの違和感も、共有していたようです。たとえば緑雨がつくった新体詩のパロディには、作者ごとに「鉄幹調」「外山《とやま》調」「上田調」などと名付けられています。それぞれ与謝野鉄幹、外《と》山正一《やましょういち》、上田敏《うえだびん》の作品をターゲットにしており、どれもとてもおもしろいのですが、ここでは「佐々木調」を見てみましょう。佐々木信綱《ささきのぶつな》の新体詩のパロディです。

小桶《こおけ》を籠《こ》めて立《たち》まよふ
岡湯《おかゆ》のあたり雲起《くもおこ》り

踏《ふみ》はだかれる町内《ちょうない》の
頭《かしら》の背《せな》に龍《りょう》踊《をど》る
臀《いしき》連《つら》なる柘榴口《ざくろぐち》
手拭《てぬぐい》頬《ほゝ》にあてがひて
そは中々《なかく》に伝《でん》の君《きみ》
きこえ侍《はべ》らず言《こと》の葉《は》の
理無《わりな》しとには在《あ》らねども
そも逢初《あひそ》めしと唄《うた》ひつゝ
羽目《はめ》板《いた》敲《たた》き声高く
やようめたまへ番頭《ばんとう》よ

佐々木信綱が愛用していた和歌和文調の語彙で、銭湯の光景を詠む、という抱腹の一作です。緑雨のパロディの根っこには、新体詩をしらじらしく恥ずかしいものと感じる感性があります。そしてそれは、漱石にも共有されていたようです。

とくに漱石は、与謝野晶子や『明星《みょうじょう》』(東京新詩社)の、恋愛を歌う短歌や新体詩に違和感があったようで、『吾輩は猫である』ではこんなふうに書いています。

「――夫《それ》からまだ面白い事があるの。此間《このあいだ》だれか、あの方の所へ艶書《えんしよ》を送つたものがあるんだつて」

「おや、いやらしい。誰なの、そんな事をしたのは」

「誰だかわからないんだつて」

「名前はないの？」

「名前はちやんと書いてあるんだけれども聞いた事もない人だつて、そうして夫《それ》が長い〳〵一間許《いつけんばかり》もある手紙でね。色々な妙な事がかいてあるんですとさ。私があなたを恋《おも》つて居るのは、丁度《ちようど》宗教家が神にあこがれて居る様なものだの、あなたの為ならば祭壇に供《そな》へる小羊となつて屠《ほふ》られるのが無上の名誉であるの、心臓の形《かた》ちが三角で、三角の中心にキューピットの矢が立つて、吹き矢なら大当りであるの……」

「そりや真面目なの？」

これは言うまでもなく、一世を風靡した鳳《おおとり》（与謝野《よさの》）晶子《あきこ》『みだれ髪』の初版表紙（図21）をネタにした笑いです。なるほど「吹き矢なら大当り」です。漱石は恋愛小説を書いた作家ということになっていますが、どこかで恋愛というものに、とても醒めた感性を持っていたと思います。たとえば、男女の関係をどういう語彙で言い表すかについても、こだわりを持っていました。

『それから』（一九〇九年）では、男女の愛の場面をこんなふうに書いています。

「僕の存在には貴方《あなた》が必要だ。何《ど》うしても必要だ。僕は夫丈《それだけ》の事を貴方に話したい為にわざわざ貴方を呼んだのです」

代助の言葉には、普通の愛人《あいじん》の用ひる様《よう》な甘い文彩《あや》を含んでゐなかつた。彼の調子は其《その》言葉と共に簡単で素朴であつた。寧《むし》ろ厳粛の域に逼《せま》つていた。但《たゞ》、夫丈《それだけ》の事を語る為に、急用として、わざ〳〵三千代を呼んだ所が、玩具《おもちゃ》の詩歌《しか》に類してゐた。けれども、三千代は固《もと》より、斯《こ》う云ふ意味での俗を離れた急用を理解し得る女であつた。其上《そのうえ》世間の小説に出て来る青春時代の修辞には、多くの興味を持つてゐなかつた。代助の言葉が、三千代の官能に華やかな何物をも与へなかつたのは、事実であつた。三千代がそれに渇いてゐなかつたのも事実であつた。代助の言葉は官能を通り越して、すぐ三千代の心に達した。三千代は顫《ふる》へる睫毛《まつげ》の間から、涙を頬《ほゝ》の上に流した。

図21　藤島武二デザインの『みだれ髪』初版。漱石曰く「吹き矢なら大当り」。

もうそう若くはない男女の、青春への悔恨から生まれた、浮ついた調子のないせっぱつまった思いが伝わってきます。なるほど「愛している」なんて言うのは、いまでも照れくさいですよね。

◉……新体詩へのアンヴィヴァレント

こちらもそのような恋愛、新体詩のしらじらしさを思い切り笑ったものです。

「[…]近日詩集を出して見様《みよう》と思ひまして——稿本を幸ひ持つて参りましたから御批評を願ひませう」と懐から紫の袱紗包《ふくさづつみ》を出して、其《その》中から五六十枚ほどの原稿紙の帳面を取り出して、主人の前に置く。主人は尤《もっと》もらしい顔をして拝見と云つて見ると第一頁に

世の人に似ずあえかに見え給う

富子嬢に捧ぐ

と二行にかいてある。主人は一寸《ちょっと》神秘的な顔をして暫《しば》らく一頁を無言の儘《まま》眺めて居るので、迷亭は横合《よこあい》から「何だい新体詩かね」と云ひながら覗き込んで「やあ、捧げたね。東風君、思い切つて富子嬢に捧げたのはえらい」[…]

主人は無言の儘漸《ままようや》く一頁をはぐつて愈《いよいよ》巻頭第一章を読み出す。

倦《う》んじて薫《くん》ずる香裏《こうり》に君の
霊か相思《そうし》の烟《けむり》のたなびき
おゝ我、あゝ我、辛きこの世に
あまく得てしか熱き口づけ

「これは少々僕には解《げ》しかねる」と主人は嘆息しながら迷亭に渡す。「これは少々振《ふる》ひ過ぎてる」と迷亭は寒月に渡す。寒月は「なあゝるほど」と云つて東風君に返す。

「先生御分りにならんのは御尤《ごもっとも》で、十年前の詩界と今日の詩界とは見違へるほど発達して居りますから。此頃《このごろ》の詩は寝転んで読んだり、停車場で読んでは到底《とうてい》分り様がないので、作つた本人ですら質問を受けると返答に窮する事がよくあります。全くインスピレーションで書くので詩人は其《そ》の他には何等《なんら》の責任もないのです。註釈や訓蒙《くんもう》は学究のやる事で私共《わたくしども》の方では頓《とん》と構《かま》ひません。先達《せんだつ》ても私の友人で送籍《そうせき》と云ふ男が一夜といふ短篇をかきましたが、誰が読んでも朦朧《もうろう》として取り留めがつかないので、当人に逢つて篤《とく》と主意のある所を糺《ただ》して見たのですが、当人もそんな事は知らないよと云つて取り合はないのです。全く其辺《そのへん》が詩人の特色かと思ひます」

（『吾輩は猫である』）

ここに登場する、「送籍」作の『一夜』（一九〇五年）は、『吾輩は猫である』と併行して書き継がれた小説のひとつで、ある夜ひと間に会した三人の男女の会話を、美文調で綴《つづ》った短編。筋がなく美的雰囲気のなかで詩的会話が交わされます。そのような短編を作りつつ、一方で自分でそれにツッコミを入れてしまう。そんな分裂した両面を漱石は持っていたのです。

◉……………黒髪をとく女たち

恋愛への憧れと、恋愛を滑稽なものと感じる分裂したふたつの感性。こちらはもっと甚《はなは》だしく分裂している例です。ふだん髷《まげ》を結《ゆ》っている女が、髪をとく姿が、まったく違うトーンで描かれます。

はじめに『虞美人草』の例を見てみましょう。ヒロイン藤尾が髪をほどく姿が美しく描かれ、恋愛対象にふさわしい女性として描かれます。

紫を辛夷《こぶし》の弁《はなびら》に洗ふ雨重なりて、花は漸《ようや》く茶に朽ちかゝる椽《えん》に、干す髪の帯を隠して、動かせば背に陽炎《かげらふ》が立つ。黒きを外《そと》に、風が嬲《なぶ》り、日が嬲《なぶ》り、つい今しがたは黄な蝶がひらひらと嬲《なぶ》りに来た。知らぬ顔の藤尾は、内側を向いてゐる。くつきりと肉の締《しま》つた横顔は、後ろからさす日の影に、耳を蔽《おお》ふて肩に流す鬢《びん》の影に、しつとりとして仄《ほのか》である。千筋《ちすじ》にぎらついて深き菫《すみれ》を一面に浴《あび》せる肩を通り越して、向ふ側はと覗き込むとき、眩《まば》ゆき眼《め》はしんと静まる。［…］／心臓の扉を黄金《こがね》の鎚《つち》に敲《たゝ》いて、青春の盃《さかづき》に恋の血潮を盛る。飲まずと口を背《そむ》けるものは片輪《かたわ》である。月傾いて山を慕ひ、人老いて妄《みだ》りに道を説く。若き空には星の乱れ、若き地《つち》には花吹雪、一年を重ねて二十に至つて愛の神は今が盛《さかり》である。緑濃き黒髪を婆娑《ばさ》とさばいて春風に織る羅《うすもの》を、蜘蛛《くも》の囲《い》と五彩の軒《のき》に懸けて、自《みずから》と引き掛る男を待つ。引き掛つた男は夜光の璧《たま》を迷宮に尋ねて、紫に輝やく糸の十字万字に、魂《たましい》を逆《さかしま》にして、後《のち》の世迄《まで》の心を乱す。

蝶が舞うのは、先ほどの『野分』にも見られますし、また恋愛新体詩の牙城『明星』の表紙を担当していた藤島武二《ふじしまたけじ》の作品（図22）も思い起こされます。

しかし、この女が髪をといて縁側で日を浴びるという、まったく同じ場面が、『吾輩は猫である』では次のように描かれます。

倩斯《さてかく》の如く主人に尻を向けた細君《さいくん》はどう云ふ了見か、今日の天気に乗じて、尺に余る緑の黒髪を、麩海苔《ふのり》と生卵でゴシ〳〵洗濯せられた者と見えて癖のない奴を、見よがしに肩から背へ振りかけて、無言の儘小供《ままこども》の袖なしを熱心に縫つて居る。［…］そこで先刻《せんこく》御話しをした

図22　藤島武二「蝶」。女の長い黒髪と蝶が乱れあうさまは、漱石の『野分』や『虞美人草』と共通している。

煙草の烟《けむ》りが、豊かに靡《なび》く黒髪の間に流れ流れて、時ならぬ陽炎《かげろう》の燃える所を主人は余念もなく眺めて居る。然《しか》しながら烟《けむり》は固《もと》より一所に停まるものではない、其《その》性質として上へ上へと立ち登るのだから主人の眼《め》も此烟《このけむ》りの髪毛と纏《もつ》れ合ふ奇観を落ちなく見様とすれば、是非共《ぜひとも》眼を動かさなければならない。主人は先《ま》ず腰の辺から観察を始めて徐々と背中を伝つて、肩から頸筋《くびすじ》に掛つたが、それを通り過ぎて漸々《ようよう》脳天に達した時、覚えずあつと驚いた。――主人が偕老同《かいろうどう》穴《けつ》を契った夫人の脳天の真中には真丸な大きな禿《はげ》がある。而《しか》もその禿が暖かい日光を反射して、今や時を得顔に輝いて居《い》る。

ほとんど同じ人物の作とは思えない感じもありますが、どちらも漱石の感性の表現なのです。同じ題材をここまで違う味わいに仕上げてみせるその腕前と分裂ぶりに、私たちは感嘆すべきなのかもしれません。

●…………漱石と美文・新体詩

美文・新体詩系の文体は、意識をゆるめ、時間の流れがなくなり、水中にただようような世界を表現することができました。それは、私たちが自分を取り囲む現実から、非日常の美の世界へと離陸することを可能にする文体でした。

漱石は、美が成就する一瞬への傾倒を、繰り返し作品で描きました。那美さんも、藤尾も、美禰子も、その美を瞬間冷凍して絵のなかに閉じこめたいと漱石は思っていたのです。美文はそのようなまなざし、美と恋愛を表現する役割をも、小説のなかで担いました。ただし、漱石には、恋する男女をどうも滑稽な、うさんくさいものとして見てしまうような、醒めた目もありました。

小説の文体が言文一致に統一されてゆくと、「古語や古文で非日常感を出す」「新体詩の雰囲気を小説の地の文で効かせる」という方法を、小説で使うことが難しくなっていきます。古語や古文は、詩の領域でしか使えなくなります。漱石の工夫も、明治四〇年代以降（作品で言うと『虞美人草』以降）は、封印されます。

しかしながら、現代から漱石の新体詩や美文を読み直してみると、ここにはひとつの水脈があったように思われるのです。実は結ばなかったけれども、『草枕』や『一夜』のような、詩のような小説だって、あってもいいのではないでしょうか。漱石は、俳句・漢詩の人とみなされがちですが、新体詩にも深い関心を寄せ、様々な実験を行っていました。新体詩人・漱石を想像してみるのもおもしろいかもしれません。

ボケる

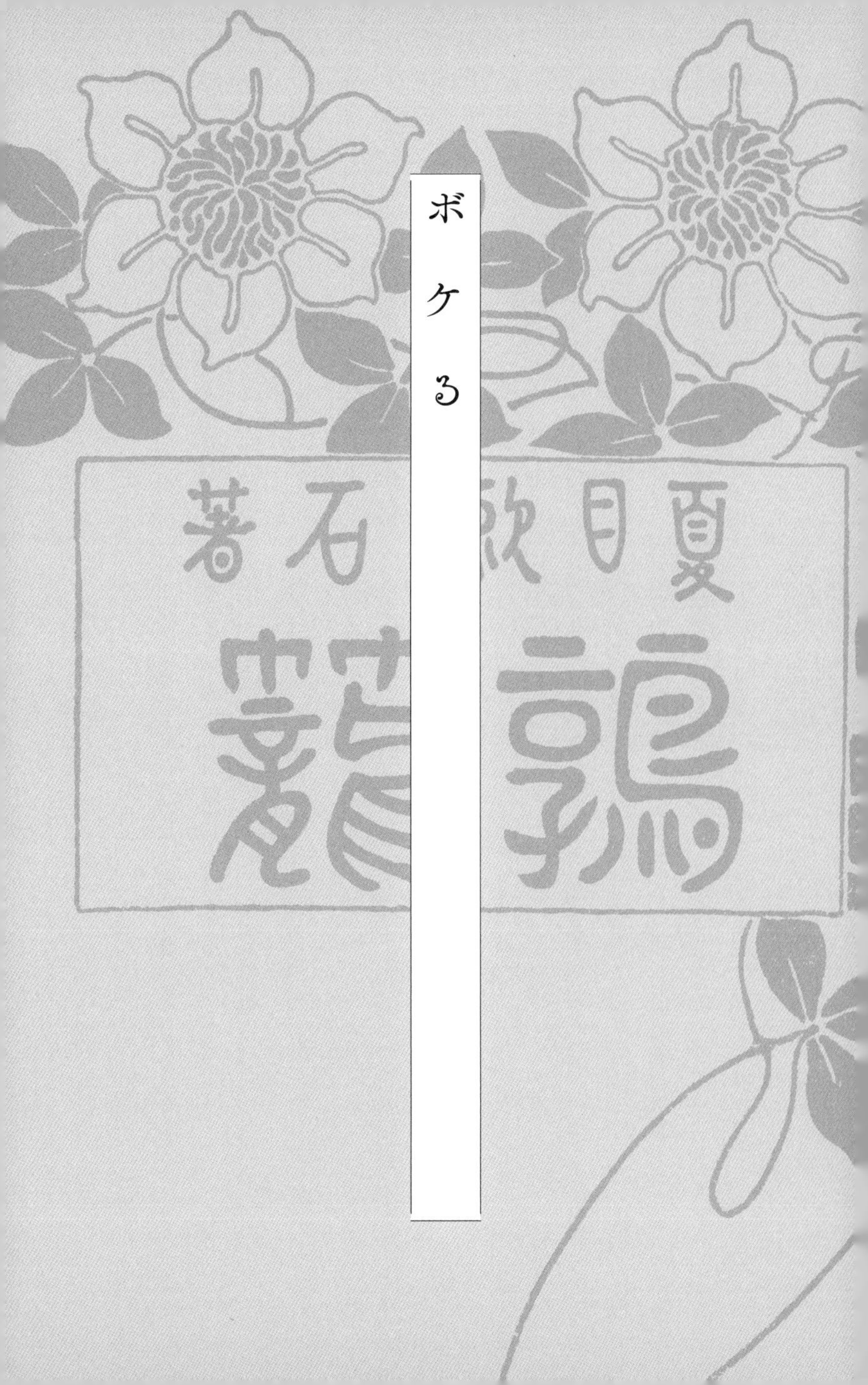

【例文】

「どこへ行つたんですかね」「どこへ参るにも断はつて行つた事の無い男ですから分りかねますが、大方《おおかた》御医者へでも行つたんでせう」「甘木《あまき》さんですか、甘木さんもあんな病人に捕まつちや災難ですな」「へえ」と細君《さいくん》は挨拶の仕様《しよう》もないと見えて簡単な答へをする。迷亭は一向頓着《とんじやく》しない。「近頃はどうです、少しは胃の加減が能《い》いんですか」「能いか悪いか頓《とん》と分りません、いくら甘木さんにかゝつたつて、あんなにジャム許《ばか》り嘗《な》めては胃病の直る訳がないと思ひます」と細君は先刻《せんこく》の不平を暗に迷亭に洩らす。「そんなにジャムを嘗めるんですか丸《まる》で小供の様《よう》ですね」「ジャム許りぢやないんで、此頃《このごろ》は胃病の薬だとか云つて大根卸しを無暗に嘗めますので……」「驚ろいたな」と迷亭は感嘆する。「何でも大根卸しの中にはヂヤスターゼが有るとか云ふ話しを新聞で読んでからです」「成程《なるほど》それでジャムの損害を償はうと云ふ趣向ですな。中々《なかなか》考へて居らあハヽヽ」と迷亭は細君の訴を聞いて大《おおい》に愉快な気色《けしき》である。「此間抔《このあいだなど》は赤ん坊に迄《まで》嘗めさせまして……」「ジャムをですか」「いいえ大根卸を……あなた。坊や御父様がうまいものをやるから御出《おい》でてつて、――たまに小供を可愛がつて呉《く》れるかと思ふとそんな馬鹿な事許りをするんです。二三日前には中の娘を抱いて箪笥《たんす》の上へあげましてね……」「どう云ふ趣向がありました」と迷亭は何を聞いても趣向づくめに解釈する。「なに趣向も何も有りやしません、只其《ただその》上から飛び下りて見ろと云ふんですは、三つや四つの女の子ですもの、そんな御転婆《おてんば》な事が出来る筈《はず》がないです」「成程《なるほど》こりや趣向が無さ過ぎましたね。然《しか》しあれで腹の中は毒のない善人ですよ」「あの上腹の中に毒があつちや、辛防《しんぼう》は出来ませんは」と細君は大に気焔を揚《あ》げる。

（『吾輩は猫である』）

◉……天下泰平の駄弁

『吾輩は猫である』（図23・24・25）の苦沙弥《くしゃみ》先生、いない間にさんざんに言われています。漱石のデビュー作『吾輩は猫である』では、漱石自身とおぼしき胃弱の英語教師の日常が、徹底的に笑いのネタにされます。うぬぼれが強いくせに根気がなく、口では大きなことを言いながらもいざとなると途端に弱気。いつも胃の調子を気にしてるけど、けっこう元気そう。ときたま、突拍子もない言動で周囲を驚かせる。そんな愛すべき苦沙弥先生に、名前のない猫、美学者・迷亭《めいてい》、細君、御三《おさん》（下女）、寒月《かんげつ》らが絡む世界は、どこから読んでも笑いが満載です。

図23　『吾輩は猫である 下篇』初版表紙。売れなくてもよいから美しい本を作りたいというのが漱石の意向だった。

　『吾輩は猫である』の大部分は、登場人物たちの調子のよいかけ合いで進んでいきます。妻の夏《なつ》目鏡子《めきょうこ》の回想録『漱石の思ひ出』によれば、漱石は家ではむっつりして、いくらでも黙っているというふうだったそうですが、ここでは別人のように雄弁です。苦沙弥先生だけではありません。迷亭も、寒月も、細君も、しゃべらなければ損とでもいうように饒舌です。彼らの会話は基本的に嚙み合わず、どこに転がっていくのかもよくわかりませんが、どこに転がったところで大したことにはなりません。天下泰平の駄弁。どこにもたどり着かない言葉の洪水。これがこの小説の魅力でもあります。

図24 『吾輩は猫である　下篇』初版カット。図23・24とも、漱石の単行本のデザインを数多く手がけた橋口五葉による。

図25 『吾輩は猫である』初版カット。初版本には全編にわたってカットが付されている。

◉……………ボケとツッコミ?

さて、この駄弁にもパターンがあります。ざっくり言えば、ボケとツッコミ。お笑いの一大パターンです。すべてをボケ・ツッコミ形式に入れ込もうとするのは、単純化の譏《そし》りを免れないことは重々承知のうえで、ここではあえて、「漱石文学におけるボケ・ツッコミ様式の特色と消長」について、真面目に、いやあまり真面目にならずに、考えてみましょう。

結論から言えば、『吾輩は猫である』ではおおむね、ボケは苦沙弥先生の専売、その他の人物すべてが苦沙弥へのツッコミ役です。無名の猫は、夕食後もったいぶって書斎に籠もる苦沙弥が、よだれを流して書物の上に寝ているのを容赦なく暴きますし、迷亭は、持ち前の衒学的駄弁で、苦沙弥を煙に巻きます。教え子の寒月や彼の友人越智東風《おちとうふう》もしかり。

ただし、漫才ではボケ役とツッコミ役が明確に分担されているのに対し、『吾輩は猫である』ではそのあたりはきわめて融通無碍《ゆうずうむげ》で、誰もがボケ役ツッコミ役の両方をこなします。ツッコミなしのボケっぱなしも得意技です。苦沙弥のボケに誰もツッコめないことも珍しくありませんし、迷亭・寒月・東風らは、ツッコミもオチもないボケ話を繰り出す人々と見ることもできます。

例を挙げるときりがないのですが、本作でも屈指の組み合わせはまちがいなく、迷亭vs.細君でしょう。この組み合わせは出色の笑いを生んでいます。二人の組み合わせをもうひとつ。

「一体、月並々と皆さんが、よく仰《おっ》しやいますが、どんなのが月並なんです」と開き直つて月並の定義を質問する、「月並ですか、月並と云ふと――左様《さよう》ちと説明しにくいのですが……」「そんな曖昧なものなら月並だつて好《よ》さそうなものぢやありませんか」と細君は女人一流の論理法で詰め寄せる。「曖昧ぢやありませんよ、ちやんと分つて居ます、只《ただ》説明しにくい丈《だけ》の事でさあ」「何でも自分の嫌いな事を月並と云ふんでしょう」と細君は我知らず穿《うが》つた事を云ふ。

博覧強記で誰もを煙に巻く迷亭も、細君にあっては形無しです。

野暮を承知で確認をしておきますが、『吾輩は猫である』の世界では、学問や教養や学歴には何の意味もありません。古今東西の芸術に通じる迷亭の教養は、現実にどっしりと根を下ろした細君の前では、吹けば飛ぶ塵のように軽くて無意味です。

また、自意識や見栄なども笑いの対象です。どこにでも出入りすることができて、苦沙弥先生の日記まで読む猫によって、苦沙弥の自意識やうぬぼれや、ホンネとタテマエの違いは、徹底的に暴かれます。そう、ここが『吾輩は猫である』の魅力です。偉そうにしてる人、偉そうに見えるもの、それらを高みから引きずり下ろし、張り子の虎だと暴く笑いが、『吾輩は猫である』の大きなパターンのひとつなのです。

◉……………ネタのためのキャラ

『吾輩は猫である』の笑いには、先達があります。江戸の滑稽本《こっけいぼん》や落語です。『吾輩は猫である』は多くの点でこれらの先行ジャンルに似ています。

たとえば、滑稽本や落語では、人物たちの相互の違いは、本質的に問題になりません。『吾輩は猫である』には、美学者とか中学教師とか、その妻とか下女とか車屋の猫とか金持ちの夫人、旧幕時代に身分のあった老婦人、いろんな社会階層の人（や猫）たちが出てきます。でも、様々な社会階層を区別するための指標——経済事情や地位や職業や性別など——には、あまり意味がないのです。なぜなら、金持ちも貧乏人も、インテリも車屋も、男も女も、みんな笑われるためにそこにいるからです（だいたい、資産家夫人の名前が、「金田鼻子《かねだはなこ》」です）。だから、誰が出てこようが、誰がしゃべろうが、作品世界の雰囲気はまったく変わりません。

これは滑稽本とか落語などの、とくに江戸文化において花開いた笑いの文芸の、直系の子孫です。たとえば、滑稽本の代表作、十返舎一九《じっぺんしゃいっく》の『東海道中膝栗毛《とうかいどうちゅうひざくりげ》』（図26）で、弥次さんと喜多

図26　江戸時代の滑稽本、十返舎一九『東海道中膝栗毛』。陰間《かげま》（男色を売る少年）だった喜多八が、彼のために財産を失った客の弥治郎兵衛と旅に出る。

さんは、こんな会話を繰り広げます。風呂敷をしょった六〇歳くらいのお爺さんが、ふたりに江ノ島までの道を尋ねる場面です。「弥」とあるのが弥次さん、「北」が喜多さんです。

親仁「モシちつとものを問《とひ》ますべい。江《ゑ》の島《しま》へはどふいきます」
弥「おめへゑのしまへいきなさるか。そんならこりよヲまつすぐにいつての、遊行《ゆぎやう》さまのお寺のまへに橋があるから」
北「ほんに橋といやア、たしか其《その》はしの向ふだつけ。いきな女房《かゝし》のある、茶屋《ちやや》があつたつけ」
弥「ソレ〳〵去年おらが山へいつ

た時とまつた内だ。アノかゝあは江戸ものよ」
北「どふりで気がきいていらア」
親仁「モシ〱、其はしからどふいきます」
弥「そのはしの向ふに鳥居があるから、そこをまつすぐに」
北「まがると田甫《たんぼ》へおつこちやすよ」

この変な道案内は、このあとも延々と続きます。道順をひとつ教えるたびに、二人は別の連想に誘われて、話がどんどん脱線してゆきます。お爺さんは、いつ江ノ島にたどり着けるのでしょう。

ここでは、弥次郎兵衛と喜多八の個性の違いは、まったく問題になりません。「寄り道ばかりでいつまでたっても目的地にたどり着かない道案内」という趣向じたいに、眼目があるからです。

落語も同様です。熊さん八さん、大家と店子《たなこ》、亭主と女房。どっちがどっちでもいい。要するに、ネタのためにキャラがあるので、「個性」や「性格」を最重視する近代小説とは、まったく別のルールと世界観で動いているのです。

◉……………漱石文学におけるボケ・ツッコミの消長

漱石は「僕は芝居を見るくらいなら落語を聞きに行く」」（談話「みづまくら」）と言っており、落語を始めとする江戸の笑芸の洗練を愛していた、いやほとんど骨肉化していたのは、『吾輩は猫である』を読めば明白です。

漱石は、『吾輩は猫である』のような作品は以後書きませんでした。しかし、『吾輩は猫である』に出てくるような会話のスタイルは、その後の作品でも重要な役割を果たしています。ただ、その性格は大きく変わっていきます。

ここでは、『吾輩は猫である』以降の作品において、滑稽本や落語の会話のスタイルを、小説を構成するパーツとして漱石がどう消化し、どう転用していったのか、そしてその変化にどんな意味があったのか、さらに考えてみたいと思います。

漱石のデビュー作は一般に、『吾輩は猫である』とされていますが、『吾輩は猫である』を連載しながら、七編の短編小説も同時に書き継いでいます。そのひとつに『琴《こと》のそら音《ね》』（一九〇五年）という短編があります。二人の学士が幽霊の実在について議論をする、そこに婚約者の死や戦争の影が忍び寄りますが、一夜明けるとすべて杞憂であったことがわかるというオチの話です。

落語や怪談、民話などに見られる明快な構成に、日露戦争や心霊学といった当時の話題が、彩りを添えています。構成だけでなく、互いによく似た二人の会話で筋が進む点も、落語に似ています。ここでは、近々結婚する予定の学士の津田と、その友人とが、新しく雇った下女についてしゃべっています。


「兎に角旧弊な婆さんだな」

「旧弊はとくに卒業して迷信婆々《ばばあ》さ。何でも月に二三返は伝通院辺の何とか云ふ坊主の所へ相談に行く様子だ」

「親類に坊主でもあるのかい」

「なに坊主が小遣取りに占いをやるんだがね。其《その》坊主が又余慶《よけい》な事許《ばか》り言ふもんだから始末に行かないのさ。現に僕が家を持つ時抔《など》も鬼門だとか八方塞《ふさが》りだとか云つて大に弱らしたもんだ」

「だつて家を持つてから其《その》婆さんを雇つたんだらう」

「雇つたのは引き越す時だが約束は前からして置いたのだからね。実はあの婆々も四谷の宇野の世話で、是《これ》なら大丈夫だ独りで留守をさせても心配はないと母が云ふから極《き》めた訳さ」

「夫《それ》なら君の未来の妻君の御母《おっか》さんの御眼鏡で人撰に預かつた婆さんだから慥《たし》かなもんだらう」

「人間は慥《たし》かに相違ないが迷信には驚いた。何でも引き越すと云ふ三日前に例の坊主の所へ行つて見て貰つたんださうだ。すると坊主が今本郷から小石川の方へ向いて動くのは甚だよくない、屹度《きつと》家内に不幸があると云つたんだがね。——余慶《よけい》な事ぢやないか、何も坊主の癖にそんな知つた風な妄言《もうごん》を吐かんでもの事だあね」

「然しそれが商売だから仕様がない」

「商売なら勘弁してやるから、金丈《だけ》貰つて当り障りのない事を喋舌《しゃべ》るがいゝや」

「さう怒つても僕の咎《とが》ぢやないんだから埒《らち》はあかんよ」

「其上《そのうえ》若い女に祟《たた》ると御負けを附加《つけた》したんだ。さあ婆さん驚くまい事か、僕のうちに若い女があるとすれば近い内貰《もら》ふ筈《はず》の宇野の娘に相違ないと自分で見解を下して独りで心配して居るのさ」

「だつて、まだ君の所へは来んのだらう」

「来んうちから心配をするから取越苦労さ」

「何だか洒落か真面目か分らなくなつて来たぜ」

（傍点筆者）


何気ない会話ですが、ふたりの語彙も口調もとてもよく似ています。「旧弊」「坊主」「雇つた」「慥《たし》か」「商売」「来ん」など、相手が言ったことを、おうむ返しのように繰り返すという特徴も顕著です。二人の外見や性格や境遇の違いが説明されたり、語り手がそれぞれの人物の言動にコメントをしたりといった、地の文がほとんど差し挟まれないのも、二人の同質性を高めています。ただ、これだけだと、滑稽本や『吾輩は猫である』と、あまり変わらない感じがします。

しかし、『琴のそら音』ではこのあと、婚約者の死や、戦死などが影を落とし、物語のトーンが、暗く不安なものへと大きく変わります。結局すべてが取り越し苦労だったことがわかるのですが、この夜の暗く不安な世界は、昼間の明るい世界に解消されるのではなく、インクの染みのように不安な要素を残したまま、物語は幕を閉じます。

◉………笑いから社会変革へ

漱石の小説のなかに出てくる滑稽本・落語ふうの会話を、もうひとつ見てみましょう。『二百《にひゃく》十日《とおか》』（一九〇六年）です。朝日新聞社に入社する直前に書かれた『二百十日』は、『野分《のわき》』と並んで漱石の社会変革への意欲が直接的に語られている点に特色があります。

『二百十日』は、男性二人が登山をする物語です。豆腐屋の息子の圭《けい》さんは、努力で未来を切りひらこうとする庶民で、強い意志と立派な身体を持っています。友人の碌《ろく》さんは、金持ちの息子ですが、意志が弱く体力もありません。この二人が阿蘇山で二百十日の嵐のなか事故に遭いますが、何とか生還し、社会の害悪たる「華族や金持ち」の征伐を誓い合うというお話です。この「社会改革の誓い」が、滑稽本や落語の調子で語られるのです（！）。


「何にも世話にならないのに、三十銭やる必要はない」

「だつて君は一昨夜、あの束髪《そくはつ》の下女に二十銭やつたぢやないか」

「よく知つてるね。――あの下女は単純で気に入つたんだもの。華族や金持ちより尊敬すべき資格がある」

「そら出た。華族や金持ちの出ない日はないね」

「いや、日に何遍云《い》つても云ひ足りない位、毒々しくつて図迂々々《ずうずう》しいものだよ」

「君がかい」

「なあに、華族や金持ちがさ」

「さうかな」

「例へば今日《けふ》わるい事をするぜ。それが成功しない」

「成功しないのは当り前だ」

「すると、同じ様なわるい事を明日《あした》やる。それでも成功しない。すると、明後日《あさつて》になつて、又同じ事をやる。成功する迄は毎日々々同じ事をやる。三百六十五日でも七百五十日でも、わるい事を同じ様に重ねて行く。重ねてさへ行けば、わるい事が、ひつくり返つて、いゝ事になると思つてる。言語道断だ」

「言語道断だ」

「そんなものを成功させたら、社会は滅茶苦茶《めちゃくちゃ》だ。おいさうだらう」

「社会は滅茶苦茶だ」

「我々が世の中に生活してゐる第一の目的は、かう云ふ文明の怪獣を打ち殺して、金も力もない、平民に幾分でも安慰を与へるのにあるだらう」

「ある。うん。あるよ」

「あると思ふなら、僕と一所《いっしょ》にやれ」

「うん。やる」

「屹度《きっと》きっとやるだらうね。いゝか」

「屹度やる」

「そこで兎も角も阿蘇へ登らう」

「うん、兎も角も阿蘇へ登るがよからう」

二人の頭の上では二百十一日の阿蘇が轟々《ごうごう》と百年の不平を限りなき碧空《へきくう》に吐き出して居る。

なんだかちょっと、様子が違ってきました。ここだけ読むと拍子抜けの感も否めませんが、そして実際『二百十日』は成功作なのかどうかは微妙なところなのですが、「滑稽本式の会話で社会変革を誓う」という荒技を、崩壊寸前でつなぎとめているのは阿蘇の大自然です。

濛々《もうもう》と天地を鎖《とざ》す秋雨を突き抜いて、百里の底から沸き騰《のぼ》る濃いものが渦を捲き、渦を捲いて、幾百噸《トン》の量とも知れず立ち上がる。其《その》幾百噸の烟《けむ》りの一分子が悉《ことごと》く震動して爆発するかと思はるゝ程の音が、遠い遠い奥の方から、濃いものと共に頭の上へ踊り上がつて来る。

このような、人間の営みを圧倒する大自然のなかで、事故に遭って死を意識し、助け合って生き延びるという体験を二人は経ているのです。だから末尾の「うん、やる」が滑稽に響かないのです。

◉……………死を経由する

同じパターンは、『虞美人草《ぐびじんそう》』でも繰り返されます。『虞美人草』の冒頭も、互いによく似た二人の男が山に登る場面から始まります。

「随分遠いね。元来何所《どこ》から登るのだ」

と一人が手巾《はんけち》で額《ひたい》を拭きながら立ち留まつた。

「何所《どこ》か己《おれ》にも判然《はんぜん》せんがね。何所《どこ》から登つたつて、同じ事だ。山はあすこに見えて居るんだから」

と顔も体軀《からだ》も四角に出来上つた男が無雑作に答へた。

反《そり》を打つた中折れの茶の廂《ひさし》の下から、深き眉を動かしながら、見上げる頭の上には、微茫《かすか》なる春の空の、底迄《そこまで》も藍を漂はして、吹けば揺《うご》くかと怪しまるゝほど柔らかき中に屹然《きつぜん》として、どうする気かと云はぬばかりに叡山《えいざん》が聳《そび》えてゐる。

「恐ろしい頑固な山だなあ」と四角な胸を突き出して、一寸《ちよつと》桜の杖に身を倚《も》たせて居たが、

「あんなに見えるんだから、訳はない」と今度は叡山を軽蔑した様な事を云ふ。

「あんなに見えるつて、見えるのは今朝宿を立つ時から見えて居る。京都へ来て叡山が見えなくなつちや大変だ」

「だから見えてるから、好《い》いぢやないか。余計な事を云はずに歩行《ある》いて居れば自然と山の上へ出るさ」

細長い男は返事もせずに、帽子を脱いで、胸のあたりを煽いで居る。日頃からなる廂《ひさし》に遮ぎられて、菜の花を染め出す春の強き日を受けぬ広き額丈《ひたいだけ》は目立つて蒼白《あをしろ》い。

やはりここでも、登山をする男性ふたりの会話が、互いの違いがあまり問題にならないような調子で描かれます。『二百十日』では、「高い男」と「低い男」だったのが、「細長い男」と「四角い男」に変わったくらいです。

ちなみに、あまり違いのない二人の男の会話が物語を牽引するというパターンは、坪内逍遥《つぼうちしょうよう》『当世書生気質《とうせいしょせいかたぎ》』（一八八五―八六年）や二葉亭四迷《ふたばていしめい》『浮雲《うきぐも》』（一八八七―八九年）にも見られます。いずれも滑稽本の影響です。始発期の小説が、先行する江戸戯作から離陸することが、いかに困難であったかがよくわかります。文学史では普通、『当世書生気質』は過渡的な近代文学で、漱石作品は成熟した近代文学だと説明されます。しかし、両者は非常に近いのです。ではその分かれ目はどこにあるのでしょうか。

『虞美人草』では、この冒頭の登山の場面は、その後に展開される出来事のすべてを「下界のゴタゴタ」と片付けてしまえる「高い」視点を、文字どおり用意します。「下界のゴタゴタ」の核心は、女の死です。身も蓋もなく言えば、『虞美人草』は、互いによく似た男二人が、みずからの「高さ」すなわち卓越性を、女の死によって再確認する物語なのです。

もうひとつだけ。同じ時期に書かれた『野分』にも、高柳くんと中野くんという学士が登場し、彼らの会話が続くのですが、やはり物語は笑いを離れ、社会変革が語られます。この小説の根底にあるのは、結核を患う高柳くんの死の予感です。

要するに、漱石作品では、「死」を経由することで、男同士の関係が決定的に変質するのです。天下泰平の世で駄弁を弄していた者たちが、「死」を予感し見つめることで、崇高な高みへと移動するのです。

そしてそれは、江戸戯作から離陸して小説を構築してゆくという、近代日本の文学におけるジャンルの切り替えにも深く関わっています。戯作から小説への変質は、頭で考えているだけでは達成されませんでした。なぜなら、日本語で書かれた小説というのは、まだ存在していなかったからです。小説のサンプルは、外国語で書かれた文学作品ばかりだったからです。

そして、日本語を用いる限り、日本語で書かれた物語——もっとも手近にあったものが江戸戯作です——の約束事が、言葉にまつわりつき、発動してしまうのです。キャラクター、プロット、目の付け所、読者の楽しみ方といった、文学ジャンルをめぐる約束事が、力を持ってしまうのです。小説ジャンルを日本で立ち上げようとした努力のほとんどは、この「ジャンルのお約束」という読者を巻き込んだ強力な磁場から、いかに離陸するかという点にあったと言っても言い過ぎではないでしょう。

◉……………地の文の浮上

滑稽本、落語、そして『吾輩は猫である』などの世界においては、愚かさにおいて人は平等でした。しかし、漱石作品では、志を持つ男性同士のつながりが作る世界が、崇高なものとして立ち上げられてゆきます。そして、笑いはそこから排除されてゆきます。愚かな者たちが繰り広げる駄弁の生む、シニカルで破壊的な笑いが、崇高なもの（たとえば死、山、社会など）を経由することで失われ、かわって箴言調《しんげんちょう》の地の文が登場します。

箴言とは、人生の真理や戒めを短く言い表した言葉のことで、格言や金言などとも言います。そして、この箴言によって、小説というジャンルは、読者に優れた認識を提供するものに変わるのです。さらに、笑いが消えたあとの漱石作品においてはおおむね、男性知識人がこうした箴言の提供者となります。だから、これは視点を変えれば、男である、教育がある、志を持つ、一貫した内面や倫理を持つ、という点を最重要視することでもあります。『虞美人草』では、この傾向が明らかです。

甲野さんの日記の一節に云ふ。

「色を見るものは形を見ず、形を見るものは質《しつ》を見ず」

小野さんは色を見て世を暮らす男である。

甲野さんの日記の一節にまた云う。

「生死因縁無了期《しょうしいんねんりょうきなし》、色相世界現狂癡《しきそうせかいきょうちをげんず》」

小野さんは色相世界に住する男である。

小野さんは暗い所に生れた。ある人は私生児だとさへ云ふ。筒袖《つつそで》を着て学校へ通ふ時から友達に苛《いぢ》められて居た。行く所で犬に吠えられた。父は死んだ。外《そと》で辛《つら》い目に遇つた小野さんは帰る家が無くなつた。已《や》むなく人の世話になる。

水底《みなそこ》の藻《も》は、暗い所に漂ふて、白帆《しらほ》行く岸辺に日のあたる事を知らぬ。右に揺《うご》かうが、左りに靡《なび》かうが嬲《なぶ》るは波である。唯其時《ただそのとき》々に逆らはなければ済む。馴《な》れては波も気にならぬ。波は何物ぞと考へる暇《ひま》もない。何故《なぜ》波がつらく己《おの》れにあたるかは無論問題には上らぬ。上つた所で改良は出来ぬ。只《ただ》運命が暗い所に生《は》へて居ろと云ふう。そこで生えてゐる。只運命が朝な夕なに動けと云ふ。だから動いてゐる。——小野さんは水底《みなそこ》の藻であつた。

『虞美人草』では、もっとも優れた認識を示すものは、甲野《こうの》さんの日記であるとされています。あらゆる登場人物の言動は、甲野さんの日記に示される認識を、証拠立て具体化するために描かれるかのようです。そして、語り手の言葉と甲野さんの日記は、見分けがつかないくらい一体化していています。要するに、『虞美人草』における甲野さんの日記や語り手と、登場人物たちとの関係は、箴言とその具体例みたいなものなのです。

このように見てくると、なんだか漱石文学は、窮屈でつまらないものになったみたいに思われるかもしれません。しかし、この変化には、もう少し深い事情があるのです

◉……動かない世界から動く世界へ

以上のような、漱石作品の変質——笑いの消滅と崇高の構築——の根底にあるのは、動かない世界から動く世界へという、世界像や時空間像の切り替えです。

たとえば、『草枕《くさまくら》』には次のような場面があります。

「はい、今日《こんにち》は」と実物の馬子が店先に留《とま》つて大きな声をかける。

「おや源さんか。又《また》城下へ行くかい」

「何か買物があるなら頼まれて上げよ」

「さうさ、鍛冶町《かじちょう》を通つたら、娘に霊巌寺《れいがんじ》の御札を一枚もらつてきて御呉《おく》れなさい」

「はい、貰ってきよ。一枚か。――御秋さんは善い所へ片付いて仕合《しあわ》せだ。な、御叔母《おば》さん」

「難有《ありがた》い事に今日《こんにち》には困りません。まあ仕合せと云ふのだろか」

「仕合せとも、御前《おまえ》。あの那古井《なこい》の嬢さまと比べて御覧《ごらん》」

「本当に御気の毒な。あんな器量を持つて。近頃はちつとは具合がいゝかい」

「なあに、相変らずさ」

「困るなあ」と婆さんが大きな息《いき》をつく。

「困るよう」と源さんが馬の鼻を撫でる。


彼らの会話は、昨日と変わらぬ今日が永遠に続くかのような感覚を私たちに与えます。しかし作品の終盤に至り、読者は、こののどかな那古井の里の周りにもやはり、汽車が走り、戦争でたくさんの人が死んでいく世界が存在することを知ります。

愈《いよいよ》現実世界へ引きずり出された。汽車の見える所を現実世界と云ふ。汽車程《ほど》二十世紀の文明を代表するものはあるまい。何百と云《い》ふ人間を同じ箱へ詰めて轟《ごう》と通る。情け容赦はない。詰め込まれた人間は皆同程度の速力で、同一の停車場《ステーション》へとまつてさうして同様に蒸汽の恩沢に浴さねばならぬ。人は汽車へ乗ると云ふ。余《よ》は積み込まれると云ふ。人は汽車で行くと云ふ。余は運搬されると云ふ。汽車程個性を軽蔑したものはない。文明はあらゆる限りの手段をつくして、個性を発達せしめたる後、あらゆる限りの方法によつて此《この》個性を踏み付け様とする。一人前何坪何合かの地面を与へて、この地面のうちでは寝るとも起きるとも勝手にせよと云ふのが現今の文明である。同時に此《この》何坪何合の周囲に鉄柵を設けて、これよりさきへは一歩も出てはならぬぞと威嚇《おど》かすのが現今の文明である。何坪何合のうちで自由を擅《ほしいまま》にしたものが、此《この》鉄柵外にも自由を擅にしたくなるのは自然の勢である。憐むべき文明の国民は日夜にこの鉄柵に噛み付いて咆哮して居る。文明は個人に自由を与へて虎の如く猛《たけ》からしめたる後、之《これ》を檻穽《かんせい》の内に投げ込んで、天下の平和を維持しつゝある。〔…〕――あぶない、あぶない。気を付けねばあぶないと思ふ。現代の文明は此あぶないで鼻を衝《つ》かれる位充満してゐる。おさき真闇《まつくら》に盲動する汽車はあぶない標本の一つである。

汽車は、洋の東西を問わず、近代文化の根幹にあるものです。多くの表現者たちが、新たに登場したこの文明の象徴を取りあげていますが、注目点は様々です。

漱石の場合、汽車を含めた近代的な移動手段（船、鉄道馬車など）は、死のイメージに結びついていています。『草枕』では、那美《なみ》さんの夫が、汽車で戦地に送られてゆきます。『三四郎』の主人公は上京早々轢死体《れきしたい》を目撃します。猛スピードで西へ向かう『夢十夜《ゆめじゅうや》』（一九〇八年）の「第七夜」の船を思い浮かべてもよいでしょう。縁もゆかりもない他人同士を、無理矢理狭い箱に詰め込んで、行き先もわからないまま驀進《ばくしん》する。これが、近代的な移動手段に対する漱石のイメージです。そしてその根本にあるのは「怖れ」です。『行人《こうじん》』（一九一二―一三年）のHさんは、友人の一郎について、一郎の弟に宛てた手紙のなかで次のように語ります。

兄さんの苦しむのは、兄さんが何を何《ど》うしても、それが目的《エンド》にならない許《ばか》りでなく、方便《ミインズ》にもならないと思ふからです。たゞ不安なのです。従つて凝《じつ》としてゐられないのです。兄さんは落ちついて寝てゐられないから起《お》きると云《い》ひます。起きると、たゞ起きてゐられないから歩くと云ひます。歩くとたゞ歩いてゐられないから走《かけ》ると云ひます。既《すで》に走《か》け出《だ》した以上、何処迄《どこまで》行つても止《と》まれないと云ひます。止まれない許《ばかり》なら好《い》いが刻一刻と速力《そくりょく》を増して行《ゆ》かなければならないと云ひます。其《その》極端を想像すると恐ろしいと云ひます。冷汗《ひやあせ》が出るやうに恐ろしいと云ひます。怖くて〳〵堪《たま》らないと云ひます。［…］私は兄さんの説明を聞いて、驚きました。然《しか》しさういふ種類の不安を、生れてからまだ一度も経験した事のない私には、理解があつても同情は伴ひませんでした。［…］考へているうちに、人間の運命といふものが朧気《おぼろげ》ながら眼の前に浮かんで来ました。私は兄さんの為に好い慰藉《いしや》を見出したと思ひました。

「君のいふやうな不安は、人間全体の不安で、何も君一人丈《だけ》が苦しんでゐるのじやないと覚《さと》れば夫迄《それまで》ぢやないか。詰《つま》りさう流転《るてん》して行《ゆ》くのが我々の運命なんだから」

私の此《この》言葉はぼんやりしてゐる許《ばか》りでなく、頗《すこぶ》る不快に生温《なまぬる》いものでありました。鋭い兄さんの眼から出る軽侮《けいぶ》の一瞥《べつ》と共に葬られなければなりませんでした。兄さんは斯《こ》う云ふのです。

「人間の不安は科学の発展から来る。進んで止《と》まる事を知らない科学は、かつて我々に止まる事を許して呉《く》れた事がない。徒歩から俥《くるま》、俥から馬車、馬車から汽車、汽車から自動車、それから航空船、それから飛行機と、何処迄《どこまで》行つても休ませて呉れない。何処迄《どこまで》伴《つ》れて行かれるか分らない。実に恐ろしい」

漱石文学の世界において、動く／動かないという対比の軸は、もっとも大きなモチーフのひとつです。様々な作品で、動かないものへの憧れが、繰り返し語られます。『三四郎』の美禰子《みねこ》は、彼女を絵のなかに閉じこめようとする男たちの欲望に、あからさまにさらされます。『虞美人草』の藤尾は、死んで屏風のなかの一輪の花になります。『草枕』でも、那美の水死が、画家の胸中の絵の完成の瞬間として待望されます（「ただよう」の章参照）。

「女を動かない世界に閉じこめたい」というこの欲望は、漱石の場合、嗜虐的なものではありません。自身もまた、その動かない世界に溶け込みたいという憧憬から出ているようです。そして、その背後にあるのは、『行人』の一郎が語るような、つねに動いてやまない「近代文明」への怖れです。そして、この怖れを静めるものとして、とりわけ前半期の作品で、箴言が要請されるのです。箴言調も徐々に姿を消してゆきますが、そのあとには、すがるものが何もない不安の世界が描かれるのです。

男性集団がくり広げる天下泰平の駄弁が、死を経由することで崇高なものに変質し、その崇高な男同士の絆と真理を伝える箴言もやがて消滅して、不安にふるえる男がひとり取り残される。このように考えてくると、『吾輩は猫である』の果てしない駄弁は、みずからがそこから放逐された動かない世界、時間の流れないサンクチュアリ（聖域）を再構築する営みだったのかもしれません。

歩く

【例文】

汽車汽船は勿論《もちろん》人力車さへ工夫する手段を知らないで、どこ迄《まで》も親譲りの二本足でのそ〱歩いて行く文章である。そこが散文である。散文とは車へも乗らず、馬へも乗らず、何等の才覚がなくつて唯地《ただ》道に御拾《おひろ》ひで御出《おいで》になる文章を云ふのである。是《これ》は決して悪口ではない。歩行は人間常体の運動である。軽業《かるわざ》よりも余程《よほど》人間らしくつて心持《こころもち》がいゝ。けれども年が年中足を擂木《すりこぎ》にして火事見舞に行くんでも、葬式の供《とも》に立つんでも、同じ了見でてく〱遣《や》つてゐるのは本人の勝手とは云ひながら余《あま》り器量のない話である。

（『文学評論』第六編「ダニエル、デフォーと小説の組立」）

◉……………異色の英文学評論

東大教師としての漱石の講義は、必ずしも順調ではなかったようです。とくに『文学論』に結実してゆく講義は、評判が悪かった。文学を科学的に分析しようとして、数式などを用いたのです。前任者のラフカディオ・ハーンの講義が鑑賞的だったので、余計に反発されたようです。もうひとつの講義が「一八世紀英文学」で、ほかにシェイクスピア作品の講読も行っていました。

しかしながら、漱石の講義録は、小説に負けないくらい、非常におもしろいものです。高名な作品も自分の舌で味わって、歯に衣着せぬ、時には見も蓋もないくらい辛辣《しんらつ》な批評を加えていく口ぶりは、漱石その人を彷彿とさせます。なかでも、「一八世紀英文学」では、漱石の辛口批評は絶好調です。何しろ講義を聴いた人が「華々しい悪口に圧倒され、一八世紀の英文学は読まなくてよいと思った」というのですから。

この講義は、のちに『文学評論』（一九〇九年）という本にまとめられました。漱石はこの本のなかで、五人の英国文人を取りあげています。英国で始めて新聞を発行したジョセフ・アディソンとリチャード・スティール、一八世紀を代表する詩人のアレグザンダー・ポープ、『ガリバー旅行記』で有名なジョナサン・スウィフト。そして最後が、『ロビンソン・クルーソー』（図

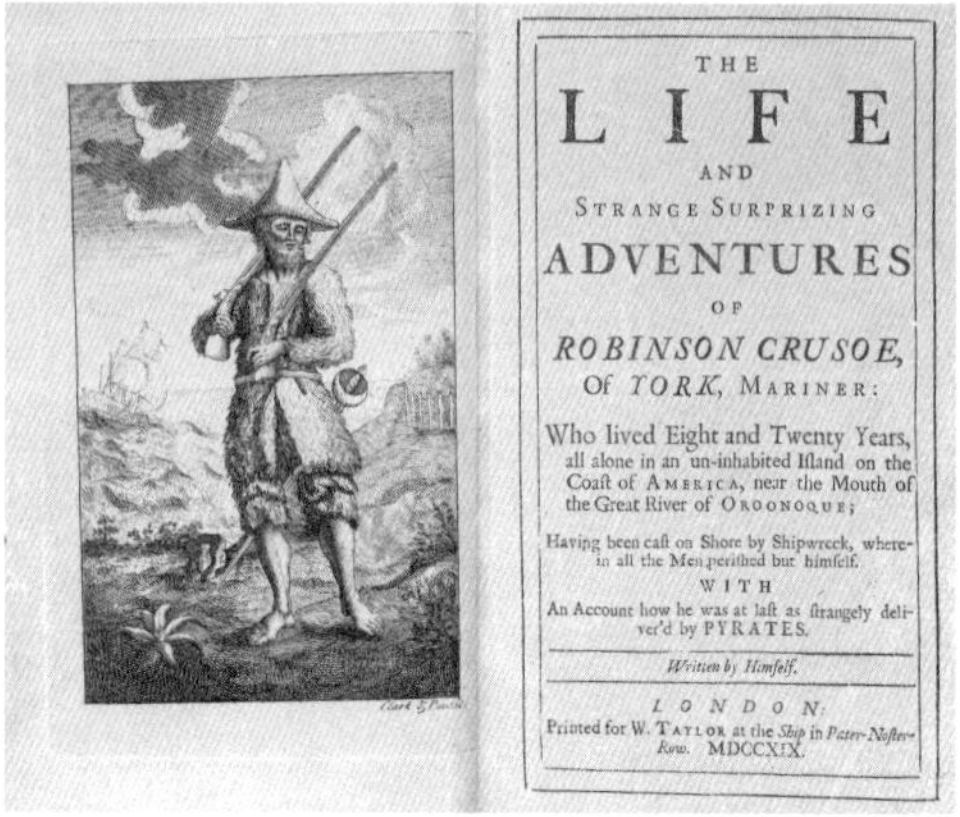

図27　『ロビンソン・クルーソー』初版の口絵と扉。漱石はデフォーをさんざんにけなした。

27）の作者、ダニエル・デフォーです。そして、ひとことで言えば、スウィフト以外は、けなしているのです。それも力一杯。そのけなし方は、ほとんど「大人げない」と言いたくなるほど、容赦のないものなのです。具体的に見てみましょう。

ポープのダンシアッドを評する時に、かかる個人的諷刺を産出する世の中は知的に狭くなければならぬ、道徳的に低くなければならぬ、詩の上から言って勿論下等でなければならぬ、又《また》瑣末の俗事に齷齪《あくせく》して居らねばならぬ、瑣末な俗事に齷齪するほど一方では天下太平で無ければならぬ、尚ほ又是等《またこれら》の事に拘泥して得々たる如き党派心に充ちて居らねばならぬと云ふ様なことを述べて置いた。今此《この》諸条項の中から小事に屈託する余地、即《すなわ》ち呑気なところを引抜けば何《ど》んなものが出来るかと考へてみる。智的に狭いのだからして大理想の含まれた作品は出る気支《きづかい》が無い。道徳的に低いのだからしてヒロイズムを含んだ作品は容易に出て来ない。詩的に下等であるからして美的要素に富んだ作品も滅多に出なかろう。而《しか》も精力が充満して活動の表現が欲しい様《よう》な場合には、そこに現はるゝ小説が如何《いか》なる形式を取るかと云へばデフォーの書いた様なものに成るに相違ない。

これは、私が知る限り、もっともミもフタもないデフォー批判です。思わず「じゃあ、なんで読むの?」ツッコミたくなるようなけなしっぷりです。これだけではありません。いわく、「どの頁を開けても汗の臭がする」「紋切り型に道徳的」「無神経〔…〕かつ獣的に無感覚」で、読んでると「索然として鑞《ろう》を嚙むような気持ち」がしてくる。「大事な方面はいくらでも眼を眠《ねむ》つて、つまらぬ事を寄せ集める癖があ」るから「いかにも下卑ている」……。何だかデフォーが気の毒になってきました。

◉……………リアリズムのかったるさ

漱石はいったいデフォーのどこが、ここまで嫌いだったのでしょうか。「下卑ている」というのは、留保も理屈も一切ない嫌悪です。何だか文学研究者の使う言葉っぽくないようにも見えます。だいたいにおいて、人が客観性を失うまでに何かを嫌うときには、本人すらうまく整理できない、深く込み入った事情が、背後に隠されているものです。ここには、漱石が自分でもうまく意識できない何かがあるのではないでしょうか。もう少し考えてみましょう。

まず、文体から検討してみましょう。漱石は、デフォーの文体がいかにダメかを示すために、シェイクスピアと比較しています。次の二つの文をごらんください。はじめの文aが、シェイクスピア『ヘンリー八世』第二部第三幕第一場の国王のせりふです。あとの文bは、デフォー『ロビンソン・クルーソー』の冒頭で、クルーソーの父が、中産階級の幸福を息子に説く際の言葉です。訳文も添えます。

a. Uneasy lies the head that wears a crown.（王冠を戴く頭に、安らぎはない。）

b. Kings have frequently lamented the miserable consequences of being born to great things, and wished they had been placed in the middle of the two extremes, between the mean and the great.（王様でも、高貴の身分に生まれたばかりにみじめな目に遭うことを嘆き、貧富両極の真ん中に生まれておけばよかった、と思うことがよくある。）

漱石はこのふたつの表現を紹介して、次のように評します。

双方とも内容は似たものである。けれども一方は詩で一方は散文になつてゐる。一方は凝つた言ひ廻しかたで、一方は尋常な話し具合である。一方は人を留まらせる、一方は人を走らせる。一方は考へさせる、一方は一字毎《ごと》にはきはき片付いて行く。

ここで「散文」と名指されているのは、写実小説の地の文、つまり言文一致体と考えてよいでしょう。写実小説とは、自然や人生、社会をありのままに写すことを目指す小説で、近代文学の主流をなすものです。日本では、写実小説の地の文を創る工夫が、言文一致体という共通の散文体の創設に、大きく貢献しました。

シェイクスピアでは、「頭上の冠」という、王の本質を象徴する時空間の一点にピントが合っています。しかし、デフォーには、そのような「技巧」がなく、「長いものは長いなり、短いものは短いなりに書き放して」いて、「いくらぼんやりした遠景でも肉眼で見て」いる。「厭味や気《き》障《ざ》は決して出ない」が、「悪く云《い》へば知慧がない叙方《のべかた》」だ、と漱石は評しています。

漱石によれば、これはデフォーの作品全体に見られる傾向です。漱石はデフォーの小説の冒頭と末尾を検討し、そのほとんどが主人公の誕生で始まって、ロンドンへの帰郷か死で終わっていることを明らかにします。そして、出来事が起こった順番に書かれているけれども、それらを貫く焦点や解釈がないために、デフォーの小説は「長い」と感じられるのだ、と結論づけています。

つまり、漱石のデフォー批判の要点は、一貫した視点・解釈およびそれにもとづく修辞的工夫のなさです。写実に技巧が無用というのはあやまった考えで、まとまらない現実を見る視点が定まり、一貫した解釈があってはじめて、写実小説が可能になる、というのが漱石の考えです。これはまったく適切な指摘です。ひとことで言うと、デフォーのような写実小説の文体は、漱石には「かったるい」ものだったのです。そして、こんなふうに、写実小説の地の文を「かったるい」と感じた人は、漱石だけではありませんでした。

◉……斎《さい》藤《どう》緑雨《りょくう》の二葉亭四迷評――スピード

漱石と同年に生まれ、江戸の通人《つうじん》を気取った明治期の文学者・斎藤緑雨は、二葉亭四迷『浮雲《うきぐも》』（一八八七―八九年）の文体を茶化して、次のように書いています。

> 二葉宗《ふたばしゅう》（中略）台がオロシヤゆゑ緻密々々《ちみつ〱》と滅法《めっぽう》緻密がるをよしとす「煙管《きせる》を持つた煙草《たばこ》を丸めた雁首《がんくび》へ入れた火をつけた吸つた煙を吹いた」と斯《か》く云ふべし吸附煙草《すひつけたばこ》の形容に五、六分位費《ついへ》ること雑作《ざうさ》もなし其間《そのま》に煙草は大概《たいがい》燃切る者なり

人事や情景を端から詳しく書き連ねてゆくリアリズム小説の「描写」の長さを、とてもうまく皮肉っています。「二葉宗」とあるのは、二葉亭四迷の文学を信奉することを、宗教になぞらえているのです。漱石は、こうした「写実的描写」を、冒頭の例文で見たように、「どこまでも親譲りの二本足でのそのそと行く」「知慧がない叙方」と言っているのです。

しかし、写実文体へのこうした感性は、言文一致体を自然なものとみなす次の世代には、共有されませんでした。

◉……………「まとまりをつける」観察点

さて、ここまで、文体という点から、漱石のデフォー批判を見てきました。それは要約すれば、「焦点がない」ということでした。実は、漱石のこうした批判は、単に文体への好みにとどまらず、詩や小説といった文学ジャンルをめぐる好悪、さらには書き手の人格にまで及んでいるのです。その背景には、時間というものをめぐる考え方の違いすら横たわっています。どういうことか、詳しく見てみましょう。

先に見たように、漱石はデフォーの小説が、起こったことをただ時系列に沿って述べているだけで、ある視点からの、統一的な解釈がないことを批判しています。この章のタイトルは、「ダニエル・デフォーと小説の組立」です。漱石は、デフォーを論じながら、小説の組立についても述べています。では、小説はどのように組み立てられるべきだと、漱石は考えていたのでしょうか。

結論から言えば、漱石は、登場人物の性格がしっかりと設定されていて、その人物が作中で自由に動く結果として、小説内での事件が進行してゆくような小説がよいのだ、と述べています。人物が、作者の人形のように見えてはいけません。また、偶然の出来事ばかりで、小説が進行してゆくのもダメです。作者が、小説の世界や人物を見る「観察態度」をはっきりと持ち、本来はまとまりがない「自然」に「まとまりをつける」、つまり「解釈」するべきなのです。そして、この「解釈」「まとまり」は、ひとつの「命題」や「哲理」となってあらわれる、と漱石は言います。

書き手が明確な観察点を持つべきであるという意見は、先ほど見た文体や修辞の在り方とも共通しています。ここから対象を見る、という明確な一点を、文章を書くときも、小説のプロットをつくるときも、作者はしっかりと持っていなくてはならないのです。

そして、小説家の、世界を見る一定の観察点は、一句の命題となり、その命題は人生の哲理を含んでいると漱石は言います。

読んだあとで、其《その》統一のある興味は一つの凝《こ》つた感じに集注が出来る。それから此《この》凝つた感じを一つの言葉に翻訳すると一句の命題になる。其《その》命題には必ず人生の哲理を含んでゐる。

小説が、ひとつの命題や哲理を示すべきかどうかは、意見の分かれるところでしょう。しかし、それ以外の点は、おおむね納得のできるものです。

●………ジャンルと時間

しかし、興味深いのはここからです。こうした漱石の小説観は、人間観や時間観と、どうやら一体化しているらしいのです。さらには、このような漱石の意見は、詩と散文という文章のジャンル区分とも対応しているのです。どういうことか、具体的に見てみましょう。

先ほどシェイクスピアとデフォーの比較をご紹介しましたが、よい文章の例としてほかにも、スティーヴンソンとテニソンが例示されています。スティーヴンソンの例は、嵐のなか船から小舟に乗り移る女の姿が、「カトリオナは空に飛んだ」と描写されている部分です。この表現について、漱石は次のように述べています。

これは若い女が本船から短艇《はしけ》へ飛び乗る時の形容であるが、其中《そのなか》には文字にあらはれた以上の或物《あるもの》を含んでゐる。［…］海へ落ちるか、無事に短艇へ落ちるか、そこに危険があつて、其所《そこ》に受取る人の心配も、読む人の心配もある。［…］こゝに注意するかしないでスチーヴンソンとデフオーの観察の態度が分れるのである。

漱石は、彼女が無事に乗り移れるか、海に転落するか、その瀬戸際への神経・感情が、「空に飛んだ」という、瞬間をとらえる表現を生んでいるのだといいます。そして、デフォーは無神経で無感情で、乗り移れたかどうかという結果のみに関心があって、そもそもそんな心配などはしないので、スティーヴンソンのような生気溢れる文章が書けないのだ、と言います。

もうひとつの例は、テニソンです。物語詩『イノック・アーデン』の主人公が、孤島に打ち上げられた時の様子が、生き生きと描かれます。ここでは、入江直祐氏による訳文で示します。

今日と過ぎ明日と暮れても、帆影は見えず、日毎日毎を、／棕櫚《しゅろ》の木や羊歯《しだ》の葉がくれに、また山峡《やまかい》に、／暁の陽《ひ》はあかあかと、緋色《ひいろ》の光線を射し込みながら、／東海の波浪の上に燃えさかり、／中天高く、鳥の真上に燃えさかり、／西海の波浪の上に燃えさかり、／やがて夜空に、円《まど》かな大きな星が輝いて、／虚《うつろ》にひびく潮騒《しおさい》は、なおも高々と鳴りどよめき、それからまた、／暁の陽はあかあかと、緋色に燃えて――しかし、帆影はついぞ見えなかつた。

孤島に流れ着く、という同じ題材を扱った作品と比較して、「茲《ここ》に人間がある。活きた人間がある。感覚のある情緒のある人間がある」と漱石は言います。そして、これに比べるとロビンソン・クルーソーは、「山羊を食ふ事や、椅子を作る事許《ばか》り考へてゐる。全くの実用的器械である」というのです。デフォーは、神経や感情を欠いた機械のような人だから、事実の羅列しか書けないのだ、というのです。

しかし、ここで注目をしたいのは、漱石が挙げている例が、いずれも詩的な表現である、という点です。テニソンは詩ですし、スティーヴンソンの例も、隠喩表現にあたります。そうすると漱石は、「散文は下等で詩は高尚だ」と言っていることになります。

> もし文章の一極端に詩と名づけるものがあつて、反対の極端に散文と云ふものが控へてゐるならば、もし詩が道楽で散文が用事とすれば、もし詩が面白い座談で散文がさつさと片付けべき懸合事《かけあいごと》とすれば、デフオーは決して詩に触れない男である。

もちろん、ここで漱石は仮定の形で、ジャンル観を述べています。でも、それに従うならば、デフォーの文章は悪い散文の見本のようなものです。そして、漱石によれば、よい散文は、多少なりとも詩的である必要がある、ということになります。

詩と散文をめぐるこのジャンル観は、時間に関する漱石の二つの考え方にも対応しているように見えます。シェイクスピアやスティーヴンソンの例に見られるように、詩的な表現は、典型的・象徴的な「瞬間」をとらえます。これに対し、主人公の誕生から始まって、死や帰郷で終わるデフォーの小説では、時間は一方向に不可逆的に、そして均質に流れていくものとされています。おもしろいのは、こうしたジャンル観や時間観が、漱石のなかでは、一定の人間観と結びついている点です。

吾々《われわれ》普通の人間から見れば此《この》意気をはづませて噛《かじ》り付くといふ所に人間が存在してゐる様に思はれる。これでこそ人間が器械らしく見えない。文章に油が乗つて、感情があらはれてくる。デフオーには此感情がないのである。

彼の作物の乾燥無味なのは是《これ》が為《た》めである。[…] デフオーは人間を時計の機関の如く心得て、此機関の運転を全く無神経なる、且《か》つ獣的に無感覚なる筆を以《もつ》て無遠慮に写して行く。索然として鑞《ろう》を噛《か》む様な気持のするのは勿論である。彼の目的は乾干《ひから》びた事実である。其他《その》には何の用事もない。[…] 大事な方面はいくらでも眼を眠つて、つまらぬ事を寄せ集める癖があるから、綿密で、周到で、探偵的であるけれども、如何《いか》にも下卑てゐる。

漱石にとって、デフォーのように、事実のみを起こった順に詳細に述べるというのは、「無神経」「無感覚」「獣的」「探偵的」「下卑ている」ことなのです。

●……………近代資本主義への嫌悪

ロビンソン・クルーソーは、近代的人間の典型とみなされてきました。事実に関心を持つ実際的な態度、神や超自然といった非科学的なものを排除する冷静な理性、どこまでも均質な時間が流れてゆく直線的・日常的な時間のなかで、合理的に思考し、絶望することなく事態を創意工夫で打開してゆく現実的精神。これは、近代の資本主義を支えるメンタリティでもあります。『ロビンソン・クルーソー』が、近代小説の始まりとされていることには、こうした事情があるのです。

イアン・ワットは、ロビンソンは経済的個人主義を体現する人物だと述べています（『小説の勃興』）。彼は、「今自分が所有するお金と物の貯えに関して常に読者に綿密に教えてくれ」るのです。たとえば、リスボンの彼の執事が、クルーソーの帰還に際して彼の窮状を救うために「一六〇モイドール」を申し出たときに「私は一〇〇モイドールだけ受け取るとその領収証をしたためるべく、ペンとインクをもってきてほしいと彼に言った」という具合です。

そして、漱石のロビンソンへの嫌悪は、まさにこの点にあるようです。いわく「万事実用から割出して、損得を標準にしてゐる様に見える」「大事な方面はいくらでも眼を眠つて、つまらぬ事を寄せ集める癖がある」。

漱石は、デフォーの背後に、近代資本主義システムと、そのシステムが求める人間像をかぎあてています。そして、そのシステムが持つ暴力的な力も、ひしひしと感じています。

彼の作物には、どれを見てもクルーソーの様な男許《ばか》り出て来る。さうして是《これ》が英吉利《イギリス》国民一般の性質である。彼等は頑強である。神経遅鈍である。又《また》実際的である。彼等の仕事は皆クルーソー流に成功してゐる。南亜《なんア》を開拓した手際は正にクルーソーである。香港をあれ丈《だけ》に蒼《あお》くしたのは正にクルーソーである。彼等はクルーソーを以て生れ、クルーソーを以て死する国民である。

漱石が留学したとき、イギリスは南アフリカへの侵略戦争の真っ最中でした。ここでは、近代資本主義の必然的帰結たる帝国主義を支える人間像というものが、明確に把握されています。そして漱石は、はっきりと、自分はそれが嫌いだ、と言っています。大事なことを考える知恵を持たない獣のように見える、と言っているのです。無神経で、無感覚で、損得勘定で動く。これはまさにロビンソンであり、私たちの似姿なのかもしれません。

●…………流れる時間と流れない時間

近代の経済的個人主義の土台にあるのは、通商を可能にする時空間です。世界のどこでも、同じ時間が、均質に、そして不可逆的に流れているという時空間観です。だからこそ、海を越えた貿易が、可能になります。

この通商の時空間においては、たとえば、宗教的な啓示とか、圧倒的な自然の力への恐怖といった、日常の時間の流れを断ち切る崇高な瞬間は、排除されます。そうではなくて、直線的で不可逆的で均質な時間の流れが、途切れることなく永続する、という仮定が、資本主義経済の土台にはあるのです。そして、この時間観は、世界は進化・発展してゆくという進化史観・発展史観とセットになっています。

漱石は、近代の土台をなす、こうした時空間観にも、深い違和感を抱いていたようです。たとえば、『行人』の主人公・一郎は、流れてやまない時間と、どこまでも発展してゆくテクノロジーへの恐怖を生々しく語ります。

「人間の不安は科学の発展から来る。進んで止まる事を知らない科学は、かつて我々に止《とど》まる事を許して呉《く》れた事がない。徒歩から俥《くるま》、俥から馬車、馬車から汽車、汽車から自動車、それから航空船、それから飛行機と、何処迄《どこまで》行つても休ませて呉れない。何処迄《どこまで》伴《つ》れて行かれるか分らない。実に恐ろしい」〔…〕「人間全体が幾世紀かの後のちに到着すべき運命を、僕は僕一人で僕一代のうちに経過しなければならないから恐ろしい。一代のうちなら未《ま》だしもだが、十年間でも、一年間でも、縮めて云へば一カ月間乃至《ないし》一週間でも、依然として同じ運命を経過しなければならないから恐ろしい。君は嘘かと思ふかも知れないが、僕の生活の何処《ど》を何んな断片に切つて見ても、たとひ其《その》断片の長さが一時間だらうと三十分だらうと、それが屹度《きつと》同じ運命を経過しつゝつあるから恐ろしい。要するに僕は人間全体の不安を、自分一人に集めて、そのまた不安を、一刻一分の短時間に煮詰めた恐ろしさを経験してゐる」

これは、きわめて根本的な、近代という時代、そして近代という思想への違和感です。漱石は、絵画や詩に深い愛着を示しています。また、生涯にわたって禅に関心を持ち続けました。こうした姿の根源には、流れない時間に漂いたい、自分を失いたいという願いがあるように思われます（「ただよう」の章参照）。そしてその願いは、一郎に見られるように、不可逆的に、とどまることなく流れてやまない時間への恐怖と、裏表になっているのではないでしょうか。

◉……………言葉で絵をなぞる

言うまでもなく、近代小説というジャンルは、時間の流れのなかで継起する出来事から成り立っています。この意味で、漱石という人は、根本的に小説というジャンルへの違和感を抱え込んでいたのではないでしょうか。

漱石の初期作品には、絵画に近づこうとする動きが顕著に見られます。たとえば、『草枕《くさまくら》』は、主人公の画工が、ヒロイン那美《なみ》さんの「絵になる」一瞬を追い求める物語です。また、『幻影の盾《まぼろしのたて》』では、愛する女性を失った主人公の騎士が、盾を凝視することで時間の流れない楽園に転生します。

このことは、初期作品の文体が非常に凝った美文調で綴られることとも関係しています。たとえば、『薤露行《かいろこう》』（一九〇五年）では、物語の一場面が、絢爛《けんらん》たる修辞によって、絵画のように示されます。

登り詰めたる階《きざはし》の正面には大いなる花を鈍色《にびいろ》の奥に織り込める戸帳《とばり》が、人なきをかこち顔なる様にてそよとも動かぬ。ギニヴィアは幕の前に耳押し付けて一重向ふに何事をか聴く。聴き了《おわ》りたる横顔を又真向《また》に反《か》へして石段の下を鋭どき眼にて窺ふ。濃《こま》やかに斑《ふ》を流したる大理石の上は、こゝかしこに白き薔薇が暗きを洩もれて和《やわら》かき香を放つ。君見よと宵に贈れる花

図28　ジョン・エヴァレット・ミレイ「王妃ギニヴィア」。アーサー王伝説の世界は、ミレイらラファエル前派の画家たちのお気に入りのモチーフでした。

輪のいつ摧《くだ》けたる名残か。しばらくは吾が足に纏《まつ》はる絹の音にさへ心置ける人の、何の思案か、屹《き》と立ち直りて、繊《ほそ》き手の動と見れば、深き幕の波を描いて、眩《まば》ゆき光り矢の如く向ひ側なる室の中よりギニヴィアの頭に戴ける冠を照らす。輝けるは眉間に中《あた》る金剛石ぞ。

この場面では、アーサー王伝説に登場する王妃ギニヴィアの、あくまで美しい立ち姿は、漱石が愛したラファエル前派の画家、ジョン・エヴァレット・ミレイの絵（図28）を、言葉でなぞっているかのようです。

◉……修辞と小説

時間の流れない世界や、詩や絵画というジャンルへの憧れは、漱石文学の根底にあるものです。

ところが漱石は、これだけデフォーと写実文学をけなしていながら、このあと新聞小説家になり、写実小説の枠に収まる作品を書き継いだのです。そして、このことが、漱石の小説に、あるねじれのようなもの、小説というジャンルの枠組みを踏み破るような力を与えています。

デフォー論で漱石は、明確に修辞の重要性を指摘しました。しかし、みずからの指摘を自作で実践し、新聞小説で展開することは、小説の語りは無色透明であるのが当たり前という感覚が急速に浸透してゆく、読者の感性の変化のなかで、必ずしもたやすくはなかったのです。

新聞の読者は、それまで漱石が相手にしていた大学生や高校生、文芸雑誌の読者層よりも、はるかに幅広い人々です。文学に特別な関心を必ずしも持たず、日々の慌ただしい生活のなかの寸暇で、連載小説に眼を通す人々です。レトリックに凝った詩的な表現を味わう余裕を持たない場合も多く、よりわかりやすい物語の骨格とテンポのよいストーリー展開が求められるのです。

漱石の小説の地の文から、修辞に凝るという特色は、どんどん失われてゆきます。しかし、それでもなお、彼の小説の地の文には、最後まで修辞的な部分が残りました。たとえば、『門《もん》』（一九一〇年）では、主人公宗助《そうすけ》と、彼の親友の妻・お米《よね》が間違いを犯した事情が、次のように語られます。

大風は突然不用意の二人を吹き倒したのである。二人が起き上がつた時は何処《どこ》も彼所《かしこ》も既に砂だらけであつたのである。彼等は砂だらけになつた自分達を認めた。けれども何時《いつ》吹き倒されたかを知らなかつた。

物語の決定的な部分が、『門』では、このように比喩で語られます。こうした傾向は、他の作品にも見られ、しばしば近代リアリズム小説としての不備、小説の下手さ、漱石文学の過渡性として、批判され続けてきました。

しかし、これは小説の不備なのでしょうか。なるほど、小説中のすべての事柄は、報告書のように逐一具体的に示されなくてはならないという考え方からすれば、これは決定的な不備でしょう。実際のところ、何があったのかが、読者にはわからないのですから。

けれども、その具体的な体験が、宗助夫婦にとってどのような意味を持つものであったのか、ということは、この比喩で非常によく伝わります。

漱石は、新聞小説家になったことで写実小説を書き継ぎました。しかし、彼は、本質的に修辞家であり、詩人でした。漱石の資質には、小説というジャンルに逆らうようなところがあります。しかし、そのことが漱石の小説の彩りを豊かにし、読者の裾野を広げ、作品の生命を長く保つ原動力になっているのではないでしょうか。

とどめをさす

【例文】

「先生は矢張《やっぱ》り時々斯《こ》んな会へ御出掛《おでかけ》になるんですか」

「いゝえ滅多《めった》に出た事はありません。近頃は段々《だんだん》人の顔を見るのが嫌《きらひ》になるやうです」

斯《こ》ういつた奥さんの様子に、別段困つたものだという風も見えなかつたので、私はつい大胆になつた。

「それぢや奥さん丈《だけ》が例外なんですか」

「いゝえ私も嫌はれてゐる一人なんです」

「そりや嘘です」と私が云つた。「奥さん自身嘘と知りながら左右《さう》仰《おつし》やるんでせう」

「何故《なぜ》」

「私に云はせると、奥さんが好きになつたから世間が嫌ひになるんですもの」

「あなたは学問をする方丈《だけ》あつて、中々御上手ね。空つぽな理屈を使ひこなす事が。世の中が嫌になつたから、私迄も嫌になつたんだとも云はれるぢやありませんか。それと同なじ理窟で」

「両方とも云はれる事は云はれますが、此《この》場合は私の方が正しいのです」

「議論はいやよ。よく男の方《かた》は議論だけなさるのね、面白さうに。空《から》の盃《さかづき》でよくああ飽きずに献酬《けんしゅう》が出来ると思ひますわ」

奥さんの言葉は少し手痛《てひど》かつた。

（『こころ』）

◉……寡黙な女たち

漱石の小説に登場する女たちは、たいてい寡黙です。『三四郎《さんしろう》』の美禰子《みねこ》は、野々宮への思いも、三四郎への感情も、自身の結婚についても、何も語りません。「大抵の応対は一句か二句で済ましてゐ」ます。『それから』の三千代《みちよ》も、平岡と結婚するようにと好きな代助《だいすけ》に勧められたときにどう思ったのか、代助と再会したときに何を考えたのか、何ひとつ語りません。

だからこそ、彼女らが口を開くとき、その言葉は男たちに忘れがたい印象を残します。美禰子の心は最後まで三四郎には見えませんが、「迷羊《ストレイシープ》」や「我が咎《とが》は我が前にあり」といったつぶやきが、三四郎に解けない謎を残します。代助の愛の告白を聴いた三千代は、たったひとこと「なぜ捨ててしまつたんです」と洩らして、激しく泣きます。代助はこの三千代の心の叫びに応える言葉を持ちません。『彼岸過迄《ひがんすぎまで》』（一九一二年）の千代子《ちよこ》は「なぜ嫉妬するんです」と、須永《すなが》の心理の陥穽をひとことで突いてみせるし、『道草《みちくさ》』のお住《すみ》は「どうしてこの子を抱いてやらないの」と、父としての愛を実感できない夫の健三の心の空隙を、正確に指摘するのです。

◉……………女の読み書き

漱石の小説に登場する男たちの多くが、高い学歴と教養を誇る知識人であるのに対し、女たちはそうした高いリテラシーを持ちません。

漱石は、作品に登場する女たちが、何を読んでいるか、読んでいないかに、深い関心を示しています。たとえば、『明暗』(図29)のお延《のぶ》は、「女学生時代に読み馴れた雑誌さえ近頃は滅多《めった》に手にし」ませんが、自分には「実力」があると、何ら不足を感じていません。一方で、『道草』のお住は「貸本《かしほん》」を読みますが、夫に「自分の文学趣味の低い事を嘲けられるような気が」していいます。『それから』の三千代や『門』のお米《よね》は、新聞を情報源にしていますが、夫や義理の甥が読んだあとのものを読むならいです。

読書の習慣や、それを可能にする時間と場所を持たないように見えるこれらの女たちに対し、『草枕《くさまくら》』の那美《なみ》は禅書を読み、『虞美人草《ぐびじんそう》』の藤尾《ふじお》と『三四郎』の美禰子は英語を読みます。しかし、那美の禅に関する知識は奇矯なふるまいに結びつけられ(佐々木英昭「「禅をする女はどう読まれたか」――『草枕』と『煤煙』」『日本近代文学』65)、藤尾と美禰子の英語は、結局のところ、夫の仕事に役立つかもしれないという花嫁修業の範囲を出ません。『明暗《めいあん》』のお秀《ひで》は読書家で、書物で覚えた抽象的な言葉を使う女ですが、それは上滑りで滑稽なものとされています。

> 読書は彼女を彼女らしくする殆《ほと》んど凡《すべ》てであつた。少なくとも、凡てゞなければならないやうに考へさせられて来た。［…］彼女は折々柄《がら》にもない議論を主張するやうな弊《へい》に陥つた。然《しか》し自分が議論のために議論をしてゐるのだから詰《つま》らないと気が付く迄《まで》には、彼女の反省力から見て、まだ大分の道程《みちのり》があつた。［…］自然弾丸《たま》を込めて打ち出すべき大砲を、九寸五分の代りに、振り廻して見るやうな滑稽も時々は出て来なければならなかつた。

図29 『明暗』初版。「漱石遺著」として刊行され、明治天皇崩御の際に撮影された写真（千円札に用いられたもの）が扉に掲げられた。

漱石文学における教育・読書と女の関係の描かれ方を見ると、いずれの場合も、女の教育・読書は、現実的な力には結びつかないのです。

多くの場合、女たちは、知識を持つ男たちに言い負かされていますが、内心では決して納得しておらず、その反駁が短く簡潔な表現で発されます。そしてそれは、シンプルであるがゆえに強い印象を、相手の男にも読者にも与えるのです。そしてその際、大きな力を発揮するのが、隠喩という表現法です。

●……認識としての隠喩

ここで隠喩について、少し考えてみましょう。佐藤信夫《さとうのぶお》は、川端康成《かわばたやすなり》『雪国《ゆきぐに》』の「トンネルを抜けると雪国だった。夜の底が白くなった」という冒頭部分について、次のように述べています。

大地がまずあって、それが「夜の底」と呼ばれるのではなく、「夜の底」としてしか名付けられないようなものとして、大地は現れてきたのである。〔…〕最も表現的な隠喩は、その対象や事態を初めて存在にもたらするような、創造的な名付けなのである。(『レトリック事典』)

隠喩は認識なのです。そして、この隠喩が長くなると、諷喩《ふうゆ》になります。この諷喩の力を大きく利用しているジャンルとして、箴言《しんげん》というスタイルがあります。格言、金言と言っても同じです。短い言葉で人生の知恵を伝えるものです。

漱石の文章には、この箴言の類が多く見られます。たとえば、『草枕』の冒頭部分は、生きる困難を簡潔に言い表したものとして、広く親しまれています。

山路《やまみち》を登りながら、かう考へた。
智《ち》に働けば角《かど》が立つ。情《じょう》に棹《さお》させば流される。意地を通せば窮屈だ。兎角《とかく》に人の世は住みにくい。

この表現のわかりやすさは、知情意という抽象的な精神作用が、具体的な感覚によって示されている点にあります。知は角ばっていて、情は勢いよくどんどん流れ、意地は固く貫くのです。人の心の作用は、目に見えるものではありませんが、こんなふうに具体的に形を与えられることで、人の精神の動きとはこのようなものである、という認識が語られているのです。

『草枕』には、次のような一節もあります。

芸術は、われ等教育ある士人の胸裏に潜んで、邪《じゃ》を避け正に就き、曲を斥《しりぞ》け直《ちょく》にくみし、弱を扶《たす》け強を挫《くじ》かねば、どうしても堪へられぬと云ふ一念の結晶して、燦《さん》として白日《はくじつ》を射返すものである。

「倫理的であってはじめて芸術的なり」という言葉を残した、漱石にふさわしい芸術論が語られています。

これは、人生の知恵というわけでは必ずしもありませんが、ある抽象的な発見・洞察が、対句調を駆使した調子のよいレトリックと、輝かしい光のイメージで提示されます。多くの紙幅を費やす芸術論文よりもはるかにわかりやすく、漱石の考える芸術というものが伝わってきます。

箴言調というスタイルは、現代にも根強く受け継がれていますが、戦前期にはさらに人気がありました。箴言スタイルを愛好する作家・思想家も、現代よりはるかに多かったようです。たとえば、ニーチェの『ツァラトゥストラはこう語った』（一八八五年）はこのスタイルですし、芥《あくた》川龍之介《がわりゅうのすけ》も箴言スタイルを愛好しました。読者もまた、箴言が大好きでした。文芸雑誌に限らず、様々な種類の雑誌の、記事の下段等に、箴言を集めた欄が設けられることもよくありました。

◉……警句《けいく》家、漱石

現代では、漱石の代表作は『こころ』で、人間の心理を抉《えぐ》った作家というイメージがあります。しかし、このようなイメージは、大正時代後期以降に浸透したものです。それまでは、こうした箴言によって、漱石のイメージは作られていたのです。「文章家」「警句家」として、認知されていたのです。そして、そのような警句スタイルは、読まれるだけではなくて、一般の読者が文章を書くときの、ひとつのお手本でもありました（このことについては、拙著『漱石の文法』（水声社）で詳しく述べましたので、興味のある方はそちらもごらんください）。

たとえば、『虞美人草』第七章の冒頭部分には、以下のような文章があります。物語を大きく動かすことになる京都の女・小夜子《さよこ》が上京する汽車に、互いにそれとは知らずに、旅から帰京する主人公・甲野《こうの》とその親友・宗近《むねちか》が乗り合わせる場面です。

京の活動を七条の一点にあつめて、あつめたる活動の千と二千の世界を、十把一束《じゅっぱひとからげ》に夜明《よあけ》迄《まで》に、あかるい東京へ推し出さう為に、汽車はしきりに烟《けむり》を吐きつゝある。［…］互の世界が如何《いか》なる関係に織り成さるゝかを知らぬ気《げ》に、闇の中を鼻で行く、甲野さんは、宗近君は、孤堂先生は、可憐なる小夜子は、同じく此《この》車に乗つて居る。知らぬ車はごとり〳〵と廻転する。知らぬ四人は、四様の世界を喰ひ違はせながら暗い夜《よ》の中に入る。

「活動の千と二千の世界」というのは、「一人《いちにん》の一生には百の世界がある。」と直前で述べており、人々それぞれの持つ人生の世界のことです。ひとりひとり異なるこの数千の世界を、汽車というものは、無造作に同じ箱のなかに詰め込んで、動かしがたい力と、すさまじい勢いとで、同じ場所に連れ去ります。

はじめて汽車が人々の生活のなかに入ってきたときの驚きは、世界各国で様々に語られ、文学作品にも描かれていますが、漱石もまた汽車への驚きやこだわりを強く持っていました。たとえば、『草枕』の末尾では、出征する夫の顔を汽車の車窓に見るヒロインの一瞬の表情に焦点をあてていますし、『三四郎』には、三四郎が轢死《れきし》を目撃するというショッキングな場面が登場します。

この『虞美人草』でも、汽車に乗り合わせた四人は、その後抜き差しならぬ関係を結ぶことになり、汽車の車の「ごとり〳〵と廻転する」様子は、ほとんど運命そのものの姿のようにも見えます。運命などというものも、人間の精神と同じく、色も形もないものですが、さかんに煙を吐きながら闇夜を疾走する夜汽車によって、具体的なイメージが与えられています。ここでは、人生とは、猛スピードで走る夜汽車に、何も知らずに乗せられているようなものだ、という認識＝発見が提示されているのです。

◉……持ち運べる知恵——箴言というスタイル

さて、この部分について、当時の代表的な作文書は、以下のようなコメントをつけて紹介しています。

漱石氏の文は警《けい》を以て鳴《な》る。『十把一束云々』の形容の如《ごと》きも人間を野菜物か何かに扱ったのである。尤《もっと》も時によると警の為に警を称へたやうな嫌味もないではない。
（芳賀矢一・杉谷代水合編『作文講話及文範』下編、一九一二年、冨山房）

作文書とは、文章を書くときのルールや心得などを示した本で、たいていは充実した例文集を備えていました。

明治は、書き言葉が激変した時代です。政治家・学者・作家から小学生まで、幅広い社会階層の人々が、「いかに書くか」をめぐって試行錯誤を繰り広げた時代です。『明治期刊行図書目録』という、明治時代に出た本のタイトルをすべて収録した目録を見ますと、明治期にもっとも数多く発行された本のジャンルは「近代小説」で三〇七一点です。「作文書」はその次に多くて二七一三点が刊行されています。そのくらい、「どう書くか」は大きな関心事だったのです。

学校でも、作文は必須の科目でした。ただ、その教え方は現代とは少し違います。現代では、体験したことや見たことを、率直に書くことが推奨されがちです。しかし、漱石が活躍した時代においては、書くことは、名文をたくさん読んで、その言い回しや目の付け所、修辞や発想の「型」を自分のものにすることでした。ですので、まず名文を読む、できれば覚える、暗誦する、というような方法がとられたのです。

このような考え方にしたがって、たいていの作文書は、作文のお手本となる充実した名文集を備えていました。文章の書き方に関する解説よりも、名文集の方が充実していることも少なくありませんでした。

漱石の作品は、こうした名文集の常連でした。とくに『草枕』や『虞美人草』など、比較的初期に書かれた作品から、抜粋・収録されることが多かったようです。

そして、こうして抜粋された名文には、編者のコメントが付けられることもよくありました。「ここに注目して文章を味わい、よい文を書くコツを摑みなさい」というわけです。

『虞美人草』のこの抜粋のコメントには、「漱石氏の文は警を以て鳴る」とあります。漱石の大きな特色は、その文章の警句調・箴言調にある、と思われていたことがわかります。漱石の文章のなかから、こういう部分ばかりを抜粋・集成して、〈漱石警句集〉として一冊にまとめることすら、よくありました。図30の『漱石警句集』(高山辰三編、一九一七年)はそのひとつです。ちょうど現代の文庫本ほどのサイズで、一行から数行程度の箴言が漱石作品から抜き出され、並べられています。読者はどこから読み始めてもよいし、どこで読み終わってもかまいません。小さいので持ち歩きにも便利です。こんなふうに、小説じたいは長いけれど、そのすべてを読まなくても、読む暇がなくても、「漱石先生」の知恵に触れることができたのです。

このような編集方法は、どんな作家でも可能なわけではありません。ある認識を、短く気の利いた言い回しで言っていなければ、うまく抜粋できませんし、人々の心にも残りません。

親交があった人々の回想によると、漱石は、口を開けば気の利いた警句が出るというような人だったそうです。漱石はとくに、こうした抄録に適した文章をたくさん書いたのです。そして、抄録によっても、広く親しまれました。

このことには深い意味があるように思われます。時代を遡れば、誰もが知っている物語が、ど

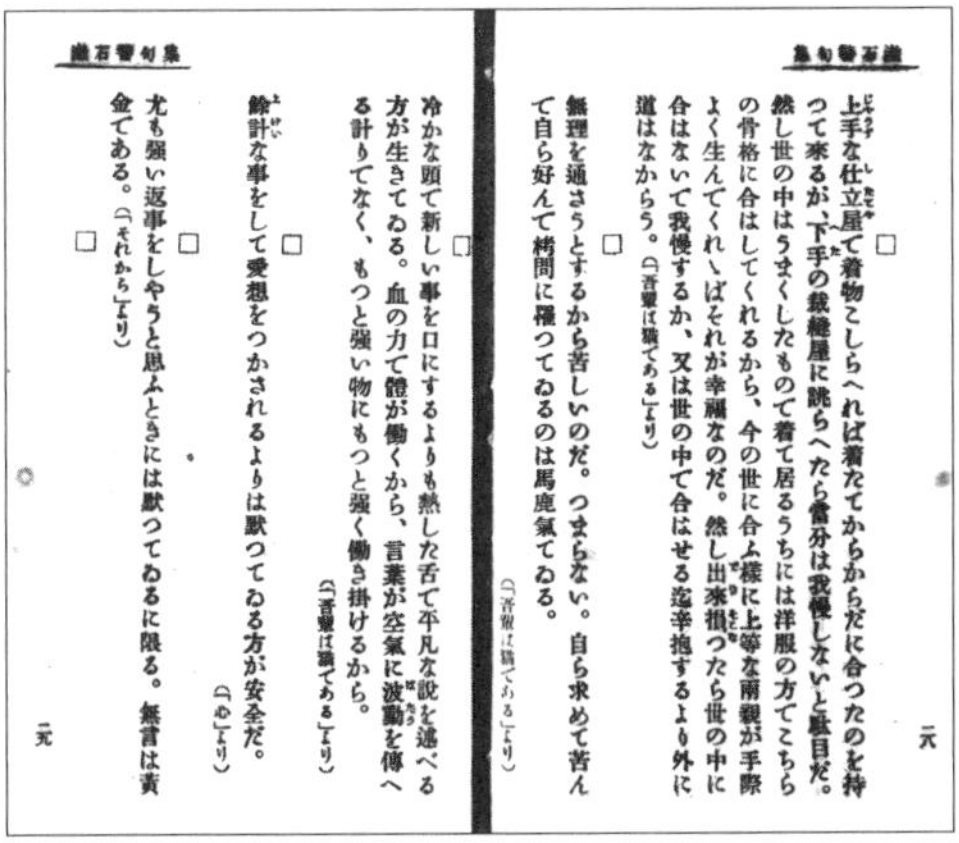

漱石警句集

上手《じやうず》な仕立屋《したてや》で着物こしらへれば着たてからからだに合つたのを持つて来るが、下手《へた》の裁縫屋に誂らへたら當分は我慢しないと駄目だ。然し世の中はうまくしたもので着て居るうちには洋服の方でこちらの骨格に合はしてくれるから、今の世に合ふ様に上等な兩親が手際よく生んでくれゝばそれが幸福なのだ。然し出来損つたら世の中に合はないで我慢するか、又は世の中で合はせる迄辛抱するより外に道はなからう。（「吾輩は猫である」より）

□

無理を通さうとするから苦しいのだ。つまらない。自ら求めて苦んで自ら好んで拷問に罹つてゐるのは馬鹿氣てゐる。（「吾輩は猫である」より）

□

二八

漱石警句集

冷かな頭で新しい事を口にするよりも熱した舌で平凡な説を述べる方が生きてゐる。血の力で體が働くから、言葉が空氣に波動《はどう》を傳へる計りでなく、もつと強い物にもつと強く働き掛けるから。（「吾輩は猫である」より）

□

餘計《よけい》な事をして愛想をつかされるよりは默つてゐる方が安全だ。（「心」より）

□

尤も強い返事をしやうと思ふときには默つてゐるに限る。無言は黄金である。（「それから」より）

□

二九

図30　『漱石警句集』。持ち歩きやすい、文庫本に近いサイズで、小説を全部読まなくても、「文豪の知恵」に手軽に触れることができた。

この国にもあります。日本だと「浦島太郎」とか、西洋だと「イソップ寓話」とか。隠喩は連なると諷喩になりますが、これがさらに物語化すると、教訓話や寓話になります。識字率が低かった頃、本を読んだり所有したりすることが難しい人たちにとって、短いフレーズや物語の形で頭に入れるというのが、生きる知恵を得るための方法でした。

こうした表現法は、口承文芸の世界にとどまりません。漱石に近いところでは、遡ればシェイクスピア、ポープ、ニーチェ、同時代以降では芥川や三島由紀夫まで、箴言スタイルの愛好家とその読者たちがいます。現代では、Twitter の bot とか、カレンダーなどに見られるでしょうか。今でも、とても身近な方法です。

◉……箴言とリアリズム

さて、こうした箴言は、漱石の小説の世界においては、おおむね男性知識人のものでした。後世に残る箴言を数多く生み出した『草枕』は、浮世の煩わしさをひとときでも忘れようとする男性画家が、ひなびた温泉地で出会ったものと、そこでの思索を語る、というスタイルです。

『虞美人草』の視点人物である甲野さんは、ハムレットにもたとえられる、東京帝国大学卒の哲学者です。彼は、作品の冒頭で親友に「愛嬌と云ふのはね、――自分より強いものを斃《たお》す柔かい武器だよ」と言います。そして、物語はこの甲野さんの言葉をなぞるかのように、相続をめぐる女たちの策略と、最終的に彼女らが罰される顛末《てんまつ》を描くのです。つまり、知識人男性が、箴言スタイルで示す認識を、物語世界が追いかけるのです。

ところが、『門』あたりから、漱石の小説に箴言が少なくなっていきます。知識人男性が、小説の世界に関する卓越した認識を、凝縮されたレトリックで示す、ということがなくなってゆくのです。それはなぜでしょうか。

このことには歴史的な背景があります。漱石が主要作品を書き継いだ二〇世紀はじめの日本では、リアリズム小説が文壇の主流を形成していました。日常生活で起こりそうなことを、自分とよく似た人物が体験する物語です。

漱石はこうしたリアリズム以外の文学の素養も深く、リアリズム文学だけが唯一の文学であるとは考えていませんでした。しかし、当時文壇を席巻していた自然主義を奉じる作家や評論家たちは、そう信じて疑わず、これ以外の流派を攻撃しました。幻想小説の大家・泉《いずみ》鏡《きょう》花《か》などが、冷や飯を食わされた時代です。新聞小説という土俵で勝負せざるを得なかったという事情が、漱石をこうした主流文学に寄り添わせた面はあったように思われます。

そして、リアリズム文学の語りにおいて、箴言は不自然で過剰なものになってしまいます。たとえば『明暗』には次のような一節があります。

それが彼女の自然であつた。然《しか》し不幸な事に、自然全体は彼女よりも大きかつた。彼女の遥か上にも続いてゐた。公平な光りを放つて、可憐な彼女を殺さうとしてさへ憚《はゞ》からなかつた。［…］大きな自然は、彼女の小さい自然から出た行為を、遠慮なく蹂躙《じゆうりん》した。

これは、ヒロインのお延が、夫が浮気をしようとしているかもしれないという疑念を、何とか振り払おうとするのに、そこにこだわればこだわるほど夫の心が離れてゆく、という皮肉な事態を描く部分です。

お延の苦悩が、「大きな自然」と「小さな自然」の齟齬として説明されます。しかし、ここまでつぶさに夫婦の日常を描いて来た物語が、突然「自然」という抽象概念を振り回し始めることに、戸惑う読者もいそうです。

漱石の小説には、「天」とか「自然」とかいう超越的な概念が、作中の事柄の原因とされることがしばしばあります。こうした点は、漱石作品の未熟な点であるとか、作品の破綻であるとかいうふうにみなされてきました。作者の認識を箴言スタイルで提示することは、リアリズム小説の地の文では難しいのです。

漱石の小説から箴言が減っていくのには、もうひとつ理由があります。箴言の担い手たる男性知識人が持っていたはずの知の力というものが、根底から疑われ、審問に付されるからです。たとえば、『行人』では、お互いに理解しあえない、うまく愛し合えない大学教授夫婦が描かれます。来客を交えたある日の座談で、夫の一郎は次のように述べます。

「男は情慾を満足させるまでは、女よりも烈《はげ》しい愛を相手に捧げるが、一旦事《こと》が成就すると其《その》愛が段々《だんだん》下り坂になるに反して、女の方は関係が付くと夫《それ》から其《その》男を益慕《ますく》ふ様になる。是《これ》が進化論から見ても、世間の事実から見ても、実際ぢやなからうかと思ふのです。[…]」

夫のこの言葉に対し、妻の直《なお》は即座にこう言います。

「妙な御話ね。妾《あたし》女だからそんな六《む》づかしい理窟《りくつ》は知らないけれども、始めて伺つたわ。随《ずい》分《ぶん》面白い事があるのね」

この妻の言葉を聞いて、夫の弟の二郎は、「客に見せたくないような厭な表情を兄の顔に見出し」ます。高い学歴と知の力を背景にした知識人男性の見解は、もはや妻に対してすら力を持たないのです。二郎はそのような兄の姿を見つめます。

自分は此《この》学問をして、高尚になり、かつ迂闊《うかつ》になり過ぎた兄が、家中《うちじゅう》から変人扱ひにされるのみならず、親身《しんみ》の親からさへも、日に日に離れてゆくのを眼前《がんぜん》に見て、思はず顔を下げて自分の膝頭《ひざがしら》を見つめた。

一郎の知性は、彼自身を救うことができません。一郎はそれを自分で痛いほど感じ、身につけた知性をみずから振り捨てようとしてもがきますが、どこへも行くことができません。『行人』の末尾では、一郎の精神の変調や死がほのめかされます。

●……………とどめをさす女たち

かわって作中で存在感を増してゆくのが、女たちの言葉です。男性知識人から箴言が奪われるのと同時に、女たち（多くは専業主婦たち）が、鋭い隠喩＝認識を男たちに放ち始めるのです。冒頭に引用した、『こころ』の「奥さん」の言葉もそのひとつです。

また、『門』のお米は、「貴方《あなた》、あの屛風を売つちや不可《いけ》なくつて」（六）と、夫の宗助が父から受け継いだ酒井抱一《さかいほういつ》の屛風を売り払って、その金で雨靴を買おうと提案します。形骸化した、父の遺産たる文人趣味を棄てて、現実に対応してゆくことを宗助に促しているのです。

こうした「認識する人」として女の力は、彼女たち自身にも向けられます。うまくいかない夫と、舅・姑が暮らす家のなかで一日の大半を送る直は、家を出る決心をした義弟の二郎にこんなふうに言います。

「男は厭《いや》になりさえすれば二郎さん見《み》たいに何処《どこ》へでも飛んで行《ゆ》けるけれども、女は左右《さう》は行きませんから。妾《わたし》なんか丁度《ちやうど》親の手で植付けられた鉢植のやうなもので一遍植《ぺんうえ》られたが最後、誰か来て動かして呉《く》れない以上、とても動けやしません。凝《じつ》としてゐる丈《だけ》です。立枯《たちがれ》になるまで凝《じつ》としてゐるより外《ほか》に仕方がないんですもの」

自分の姿を、どこへも行けずに立ち枯れてゆく鉢植にたとえる、精神の明晰さと強靭さが鮮やかです。この言葉を聞いた二郎も、「気の毒さうに見える此《この》訴への裏面に、測るべからざる女性《によしやう》の強さを電気のやうに感じ」ます。

認識し、箴言を吐く役割は、漱石文学ではこうして徐々に、男性知識人から専業主婦へと移ってゆくのです。

ここにはある種の理想化があるかもしれません。漱石の文学においては、とくに『それから』以降、教育の力が徹底して批判されます。教育があるということは、それまでの作品では非常に重要なことでした。教育を受けた人でないと、倫理的で誠実な精神性は持てないし、ちゃんと交際する相手とも認められない、という考えが、前期の作品では繰り返し述べられます。

ところが、その教育がひとをだめにする側面に、後期の作品では焦点があてられてゆくのです。『門』から『道草』まで例外なく、当代随一の教育を受けながら、「とぐろを巻く」ように内へ内へと籠もってゆく自分をどうにもできない男たちのもがきと苦しみが、つぶさに描かれます。

かわって、それまでは、その教育のなさを批判されてきた女たちが、ぬきさしならぬ現実を優柔不断な男たちに突きつけ、明確な現実認識を鋭く示すのです。ここには、高等教育の外部にいる女たちに、生きるための実践的な力を見出そうとする傾向も窺えます。その結果として、女の視点から世界を描く遺作『明暗』が登場するのです。女の実践力は、果たして袋小路でもがく男を救えるのか、それは漱石の願望に過ぎないのか。『明暗』の中絶が、かえすがえすも惜しまれます。

訳す

【例文】

所へ当分多忙で行かれないと云つて、態々《わざわざ》年始状をよこした迷亭君が飄然《ひょうぜん》とやつて来る。「何か新体詩でも作つて居るのかね。面白いのが出来たら見せ玉へ」と云《い》ふ。「うん、一寸《ちょっと》うまい文章だと思つたから今翻訳して見様《みよう》と思つてね」と主人は重たさうに口を開く。「文章? 誰れの文章だい」［…］「第二読本」と主人は落ち付き払つて答へる。［…］主人は禅坊主が大燈国師《だいとうこくし》の遺誡《ゆいかい》を読む様な声を出して読み始める。「巨人、引力」「何だい其《その》巨人引力と云ふのは」「巨人引力と云ふ題さ」「妙な題だな、僕には意味がわからんね」「引力と云ふ名を持つて居る巨人といふ積《つも》りさ」「少し無理な（積り）だが表題だから先《ま》ず負けて置くと仕様。夫《それ》から早々《そうそう》本文を読むさ、君は声が善いから中々面白い」「雑《ま》ぜかへしてはいかんよ」と予《あらか》じめ念を押して又《また》読み始める。

ケートは窓から外面《そと》を眺める。小児が球《たま》を投げて遊んで居る。彼等は高く球を空中に擲《なげう》つ。球は上へ上へとのぼる。暫《しばら》くすると落ちて来る。彼等は又球を高く擲つ。再び三度《みたび》。擲つ度《たび》に球は落ちてくる。何故《なぜ》落ちるのか、何故《なぜ》上へ上へとのみのぼらぬかとケートが聞く。「巨人が地中に住む故に」と母が答へる。「彼は巨人引力である。彼は強い。彼は万物を己れの方へと引く。彼は家屋を地上に引く。引かねば飛んで仕舞ふ。小児も飛んで仕舞ふ。葉が落ちるのを見たらう。あれは巨人引力が呼ぶのである。本を落す事があらう。巨人引力が来ひといふからである。球が空にあがる。巨人引力は呼ぶ。呼ぶと落ちてくる」

「それぎりかい」「むゝ、甘《うま》いぢやないか」「いや是《これ》は恐れ入つた。飛んだ所でトチメンボーの御返礼に預《あずか》かつた」「御返礼でもなんでもないさ、実際うまいから訳して見たのさ、君はさう思はんかね」と金縁の眼鏡の奥を見る。「どうも驚ろいたね。君にして此《この》伎倆《ぎりょう》あらんとは、全く此度《こんど》といふ今度は担がれたよ、降参々々」と一人で承知して一人で喋舌《しゃべ》る。主人には一向通じない。

（『吾輩は猫である』）

●……教室という奇妙な空間

これは言うまでもなく、英語の授業のパロディです。どなたも覚えがあるのではないでしょうか。教室で、あてられて、英語の文章の訳を発表させられたことが。中学校から高校までの六年間、さらには大学で二年ほど、人により少々違いはありますが、私たちは英語とつき合ってきました。そのかなりの部分は、こういう「和訳」の作業から成り立っています。

これは、教室の英文和訳の日本語を、小説の会話のなかに唐突に置いてみるという、配置の勝利です。日常の会話とも、小説に用いられる文章とも、どちらとも違う日本語であることが、小説のなかに置くことで際だっています。さえない中学教師である主人公の苦沙弥《くしゃみ》先生が、突然大真面目に「禅坊主が大灯国師の遺戒を読むような」大声で音読する、という突拍子のなさもすばらしい。冗談ばかり言って周りを煙に巻いている、友人の美学者・迷亭《めいてい》も、ここでは少々勢いをそがれています。

それにしても、英語の訳文というのは、どうしてこうも不自然なのでしょう。引用した場面、私は大笑いをしてしまいましたが、考えてみれば、つごう八年間、大真面目にこのような文章を書き続けてきたのです。この文章の「不自然さ」はどのあたりにあるのか、ちょっと考えてみましょう。

まず、「ケートは窓から外面を眺める。」とありますが、翻訳小説でもないのに何の文脈もなく英語名が、しかもありがちな英語名が出てくる唐突さと紋切り型の気配はさて置くとしても、語尾の現在形は明らかに変です。

現在形というのは、日本語の文章ではまず使わない。会話では使いますが、具体的な文脈があります。目の前の状況の説明とか、自分の状態の報告とか。この文章はいかにも教科書的な、説明的な文章なのです。

その次の「小児が球を投げて遊んで居る。」も、語尾が現在形。そして、「小児」も変です。「子供が」としたいところ。「小児」というのは、特定のテーマの文章でしか用いられない言葉なのです。

「彼らは高く球を空中に擲つ」も、なかなかお目に掛かることのない日本語に見えます。そもそも「彼」「彼女」というのは翻訳語で、明治時代以前の日本にはありませんでした（柳父章『翻訳語成立事情』）。現代でも、会話のなかで使うと、ちょっと文章っぽい感じになりますよね。

「彼は巨人引力である、彼は強い」も同じです。こちらは、「彼は」「彼は」と、主語を省略せず繰り返している点が、英文和訳臭をひときわ強く放っています。日本語は、頻繁に主語を省略する言語です。口語では、その傾向はさらに強くなります。こんなふうに主語を重ねると、日本語と英語の違いがうまく際だつのです。

そして、最後に、このような大仰な文章語で説明されているのが、「子供のボール遊び」という極めて日常的な、ありふれた情景である点が、ちぐはぐな感じの根本にあります。些細な日常が、あたかも重大な意味をはらむかのように描写されるのは、写実主義系の小説のなかでくらいではないでしょうか。しかし、この文章は、写実小説の文体とも違うのです。

さらに爆笑ポイントとして、「「巨人が地中に住む故に」と母が答える」というあたり。そもそも『吾輩は猫である』という小説じたいが、猫がもったいぶった文章語でしゃべることのおかしみを基盤としているのですが、ここでは日常の会話という文脈と、用いられる言葉の古めかしさという、場面と言葉の乖離がもっとも大きくなっています。その次の「呼ぶと落ちてくる」という結びも、思わず「で？」とツッコみたくなるような、終結感ゼロの、ぶったぎられたような終わり方が子供の作文にでもありそうで、非常におかしい。

当時用いられていた、中学生用英語教科書の、*Longman's New Geographical Readers* や、*A New National Reader* には、“The Force of Gravity” とか、“Why an Apple Falls” という章があり（『漱石全集第一巻』注解）、こうした引力について説明する教科書の文章を参考にした可能性もありそうです。

また、明治時代は、読者が雑誌に文章を投稿する「投書の時代」なので、素人の文章がメディアに溢れていました。現代のネット空間と似ています。それらを参考にしたとも考えられます。何より漱石は、日々教室で、生徒たちの英文和訳につき合っていました。いかにも素人っぽい特徴を捕まえて、誇張して笑わせるなんで、ちょっと意地悪な目線かもしれませんね。

◉……翻訳文の生硬さ

さて、英文和訳の日本語というものの不自然さを、ベテラン英語教師の夏目先生に堪能させてもらいましたが、ここでもう少し、「訳す」ということにこだわってみましょう。

私たちの文化はおおむね、江戸時代までは中国の、そして明治時代以降は欧米の言葉を、ひたすら「訳す」ことで変遷してきました。この章では、明治時代が、他の時代にも増して翻訳の時代であったことや、だからこそ、その翻訳の日本語については毀誉褒貶《きよほうへん》があったこと、そして、漱石自身は翻訳文体をどんなふうに使いこなしたのか、について考えてみます。

明治時代に「翻訳王」と呼ばれ、人気を博したのが森田思軒《もりたしけん》（図31）です。ジュール・ヴェルヌ

図31　森田思軒(1861-1897)。現代にまで読み継がれる名作の数々を訳したが、チフスのためわずか36歳で亡くなった。

『十五少年』（一八九六年）やヴィクトル・ユゴーなどの小説を数多く翻訳し、戦前期を通して長く愛読されました。どんな文章で訳されていたのでしょうか。ここでは、ヴィクトル・ユゴー『探偵ユーベル』（一八八九年）の冒頭部分を見てみましょう。

昨日、一千八百五十三年十月二十日、余《よ》は常に異なりて夜に入り府内に赴けり。此日《このひ》余は倫《ロン》敦《ドン》に在るショールセルに一通ブラッセルにあるサミュールに一通合わせて二通の手紙をしたゝめたれば自《おのず》から之《これ》を郵便に出さんと欲せしなり。九時半の頃ほひ余は月光を踏みつゝ帰り来りて雑貨商ゴスセットの家の前なる隙地我々のタプエフラクと呼べる所を過ぐるとき忽ち走《はし》せ来《きた》る一群の人あり余に近づけり

いかがでしょうか。すらすらと読めましたか？　かなり読みにくい文章ですよね。

この小説が翻訳されたのは、一八八九（明治二二）年。まだ言文一致体が根付いていない頃です。新しい文体を模索する動きは様々にあり、森田思軒の翻訳文体もそのひとつでした。それまでの「豪傑訳」と呼ばれた乱暴な意訳とは異なり、言文を丹念に訳出するスタイルが、「周密体」と呼ばれ、新しい文体の創設に大いに貢献しました。

ただ、いま読むとどうしても硬い感じがします。明治時代には、英語の学習で、「欧文訓読」

という方法も用いられていましたので、こうした日本語を味わう素地を持つ人もいたのでしょうが、「自から之を郵便に出さんと欲せしなり。」などという言い回しなど、日本語としてはかなり不自然です。

◉……明治文学はダサい？

実は、思軒の翻訳文体に対する違和感は、当時の人々にもありました。明治の文学者・齋藤《さいとう》緑雨《りょくう》（図32）は、江戸文学の素養を武器に、スタートしたばかりの明治文学を痛烈に批判しました。思軒の文体も俎上に載せられています。『小説八宗《はっしゅう》』（一八八九年）という本で緑雨は、明治二十年代の小説家たちを宗教の教祖に、愛読者を信者になぞらえて、その特徴を、おもしろおかしく批評しています。「当今《とうこん》大家と呼ばるる方々の御規則ともいふべきものを初学者のためにざっと挙止したるまでなり」とは当人の弁です。「思軒宗《しけんしゅう》」の項目を見てみましょう。

図32　齋藤緑雨(1968-1904)。樋口一葉を高く評価したびたび一葉宅を訪問したが、一葉の日記には彼の来訪をやや迷惑がっている記述が残っている。

思軒宗　この宗《しう》を八宗《しう》の一つに数ふるは無理なり。無理なれどもお宗旨なり。其《その》無理といふは隣家《りんか》の釜を借《かり》て飯《めし》を炊《た》くが如く翻訳づくめなればなり。其無理なれどもといふは隣釜《となりがま》の飯《まゝ》炊《たき》なりとも小説道にをり〳〵踏込まるればなり。お経は簡潔一方さら〳〵としたるを上品《じょうぼん》と定む、請ふ之《こ》れを看《み》よと払子《ほっす》の先に銘打て取り掛るなり。「渠《かれ》はシカ〳〵往《ゆき》たり渠はシカ〳〵帰れり」と片仮名の肩を怒らせて召仕《めしつか》ひの小女《こをんな》に八つ当りするやうの風ある亦《また》妙なり。たとへば霜冱已《そうごすで》に甚だしといふ日、前の前の朝買つたる納豆の残りにて湯漬《ゆづけ》を食ふの格と知るべし。平たく云へば禅味たつぷり或る他の味ぽつちりといふことなり。葷酒山門《くんしゆさんもん》に入るを許さず。この宗は余り広まらぬが本意ならん。故に委《くは》しくは説かず。随喜の涙は各々勝手たるべき事。

（『小説八宗』、ただし読みやすくするため、適宜句点を補った）

ちなみに、思軒以外に俎上に載せられた大家は、春野《はるの》やおぼろ（坪内逍遥《つぼうちしょうよう》）、二葉亭四迷《ふたばていしめい》、饗庭《あえば》篁村《こうそん》、山田美妙《やまだびみょう》、尾崎紅葉《おざきこうよう》。いずれも痛烈に笑われています。思軒の場合、やはり「渠は」がひっかかる。「肩を怒らせて召仕ひの小女に八つ当りするやうの風」とは、翻訳文のゴツゴツひっかかる感じをうまくたとえています。

ひとことで言えば、緑雨にとって明治の新文学はダサかった。口を極めてほめちぎったのが樋《ひ》口一葉《ぐちいちよう》の文章でした。緑雨は漱石と同じ年に生まれていますが、よくも悪くも江戸人でした。

●……新しい文体をつくることの難しさ

そもそも文体とは、何を指すのでしょうか。作家ごとにその文体があると言われる一方で、明治時代の日本のように、社会全体で文体が変わることもあります。本書では、この時代全体の変化、すなわち明治時代の言文一致体の創造を問題にしていますが、言文一致とひとことで言っても、作家ごとにずいぶん違っていたのです。「歩く」の章でも触れていますが、ここでもう一度、リアリズム小説で用いられた言文一致体が、登場した頃にどのように感じられたかを見ておきましょう。

先ほど、齋藤緑雨の辛口批評を紹介しましたが、実はこの批評のもっとも切れの良い部分は、思軒でなく二葉亭四迷の文体評にあります。いわく、

> 二葉宗《ふたばしゅう》［…］台がオロシヤゆえ緻密《ちみつ》〱と滅法《めつぽう》緻密がるをよしとす「煙管《きせる》を持つた煙草《たばこ》を丸めた雁首《がんくび》へ入れた火をつけた吸つた煙を吹いた」と斯《か》く云ふべし。吸附煙草《すひつけたばこ》の形容に五、六分位費《ついへ》ること雑作《ぞうさ》もなし其間《そのま》に煙草は大概《たいがい》燃切る者なり。

これは、私が知る限り、写実主義文学の「描写」への、もっとも痛快なツッコミです。江戸っ子の緑雨にとって、リアリズム小説の「描写」は、とにかくかったるかったのでしょう。実はこうした文体への感性は、漱石にも見られます。写実主義小説の泰斗、ダニエル・デフォーを批評した『文学評論』の一節です。こちらは学術書ですが、緑雨に負けず劣らず悪口全開です。

汽車汽船は勿論人力車さへ工夫する手段を知らないで、どこ迄も親譲りの二本足でのそ〳〵歩いて行く文章である。そこが散文である。散文とは車へも乗らず、馬へも乗らず、何等の才覚がなくつて唯《ただ》地道に御拾《おひろ》ひで御出になる文章を云ふのである。是は決して悪口ではない。歩行は人間常体の運動である。軽業よりも余程人間らしくつて心持がいゝ。けれども年が年中足を擂木《すりこぎ》にして火事見舞に行くんでも、葬式の供《とも》に立つんでも、同じ了見でてく〳〵遣つてゐるのは本人の勝手とは云ひながら余り器量のない話である。

言文一致体が小説文体として根付くのは、明治四十年前後ですが、森鷗外《もりおうがい》などは、それまではあえて言文一致体を避けて小説を書いていています。根付いたのを見届けてから、『青年』などで言文一致体を採用しているのです。読者の文体に対する感性の鋭さを、十分に意識していたためでしょう。

◉……漱石と翻訳文体

思軒風の翻訳調は、言文一致体が浸透してゆくにつれ、そのなかに溶け込んでいきます。ところが漱石は、鷗外とは逆に、ちょうどそのときになって、あえて自分の作品のなかで翻訳調の文体を使っているのです。翻訳文体の不自然さは、これまで縷々《るる》見てきたとおりです。漱石ももちろんそれをわかっています。わかっていて、あえてその不自然さを、小説の効果として利用しているのです。

漱石は、デビュー作『吾輩は猫である』と同時並行で、短編小説を七つ書いています。それらは『漾虚集《ようきょしゅう》』と名付けられた短編集に収められました。そのひとつ、アーサー王伝説を素材とする作品『薤露行《かいろこう》』は、現在形の語尾が多用された、翻訳調の文体で書かれています。

百、二百、簇《むら》がる騎士は数をつくして北の方なる試合へと急げば、石に古《ふ》りたるカメロットの館には、只《ただ》王妃ギニヴィアの長く牽《ひ》く衣の裾の響のみ残る。

薄紅の一枚をむざと許り《ばか》に肩より投げ懸けて、白き二の腕さへ明らさまなるに、裳《もすそ》のみは軽く捌《さば》く珠の履《くつ》をつゝみて、猶《なお》余りあるを後ろざまに石階の二級に垂れて登る。登り詰めたる階《きざはし》の正面には大いなる花を鈍色《にびいろ》の奥に織り込める戸帳《とばり》が、人なきをかこち顔なる様にてそよとも動かぬ。ギニヴィアは幕の前に耳押し付けて一重向ふに何事をか聴く。聴き了《おわ》りたる横顔を又真向に反《か》へして石段の下を鋭どき眼にて窺ふ。濃やかに斑《ふ》を流したる大理石の上は、こゝかしこに白き薔薇が暗きを洩れて和《やわら》かき香を放つ。君見よと宵に贈れる花輪のいつ摧《くだ》けたる名残か。しばらくは吾が足に纏《まつ》はる絹の音にさへ心置ける人の、何の思案か、屹《き》と立ち直りて、繊《ほそ》き手の動くと見れば、深き幕の波を描いて、眩ゆき光り矢の如く向ひ側なる室の中よりギニヴィアの頭に戴ける冠を照らす。輝けるは眉間に中《あた》る金剛石ぞ。

これはなかなか凝った文章です。通常、文語文の明白な特徴は語尾にあらわれます。「けり」とか「なり」とか、言文一致体では用いない助動詞が使われるからです。言いかえれば、日本語の文章を言文一致体に変えるための、もっとも大きな課題は、語尾をどうするかという点にあったのです。

その意味で、この文章は変わっています。語尾は動詞の現在形がほとんどで、「なり」「たり」といった文語調の助動詞が用いられないのに対し、修飾句が文語調なのです。たとえば「北の方なる試合」「石に古りたるカメロットの館」「白き薔薇」など。

この時期漱石は、様々な小説の実験を行っています。『漾虚集』にはそれらの実験的な短編が収められています。イギリス体験と英文学の世界を素材とした、紀行文スタイルの『倫敦塔《ロンドンとう》』（一九〇五年）や『カーライル博物館』（一九〇五年）。江戸時代の滑稽本《こっけいぼん》の手法を活用した『琴のそら音《ね》』や『趣味の遺伝』。そして、アーサー王伝説など、中世ヨーロッパの騎士道文学の翻案ふうの作品が、『幻影の盾《まぼろし》』と『薤露行』です。騎士と美女の恋愛が、異国情緒あふれる絢爛《けんらん》たる中世世界のなかで、美しくも切なく描かれます。

漱石が、日本語としては不自然な現在形の語尾を多用し、さらに修飾句では文語調を駆使するという凝った文体をここで用いている理由は、ただひとつ。読者と作品世界のあいだに距離を設けるためだと思います。

リアリズム小説における「描写」を可能にした言文一致体が、あたかも読者と作品世界のあいだに何も介在していないかのように、作品世界への直接的な没入へと読者を誘うのに対し、漱石はここでは、読者が言葉に躓き、言葉を眺め、言葉そのものを味わうことを通して、作品世界の雰囲気を伝えようとしているのです。それは、遠いところで繰り広げられる、美しくも悲しい物語、という雰囲気です。

『吾輩は猫である』では、翻訳文体のわざとらしさを笑いのネタにし、同じ時期に『薤露行』では、自分なりにアレンジした翻訳文体を駆使して、典雅な悲劇の世界を繰り広げました。何とも見事な使い分けです。

さらす

【例文】

宗助は流産した御米《およね》の蒼い顔を眺めて、是《これ》も必竟《ひつきょう》は世帯《しょたい》の苦労から起《おこ》るんだと判《はん》じた。

［…］御米はひたすら泣いた。［…］

お米は幼児の亡骸《なきがら》を抱いて、「何《ど》うしませう」と啜《すす》り泣いた。宗助は再度の打撃を男らしく受けた。［…］

御米は産後の蓐中《ぢょくちゅう》に其《その》始末を聞いて、たゞ軽く首肯《うなず》いたぎり何にも云はなかつた。さうして、疲労に少し落ち込んだ眼《め》を霑《うる》ませて、長い睫毛《まつげ》をしきりに動かした。宗助は慰さめながら、手帛《はんけち》で頬に流れる涙を拭いて遣《や》つた。（『門』）

●……不倫の男女の「その後」

『門《もん》』（図33）は、親友の妻を奪った男と、夫の親友といっしょになった女の、「その後」の物語です。冒頭から、東京の場末に暮らす、宗助《そうすけ》とお米《よね》というサラリーマン夫婦のつましい日常が、ていねいに描かれます。夫は毎日真面目に出勤し、妻はつねに夫に微笑を見せることを忘れない。通勤のために雨靴を買うかどうか何度も相談する二人は、裕福ではなくても、たいへん仲むつまじい夫婦に見えます。

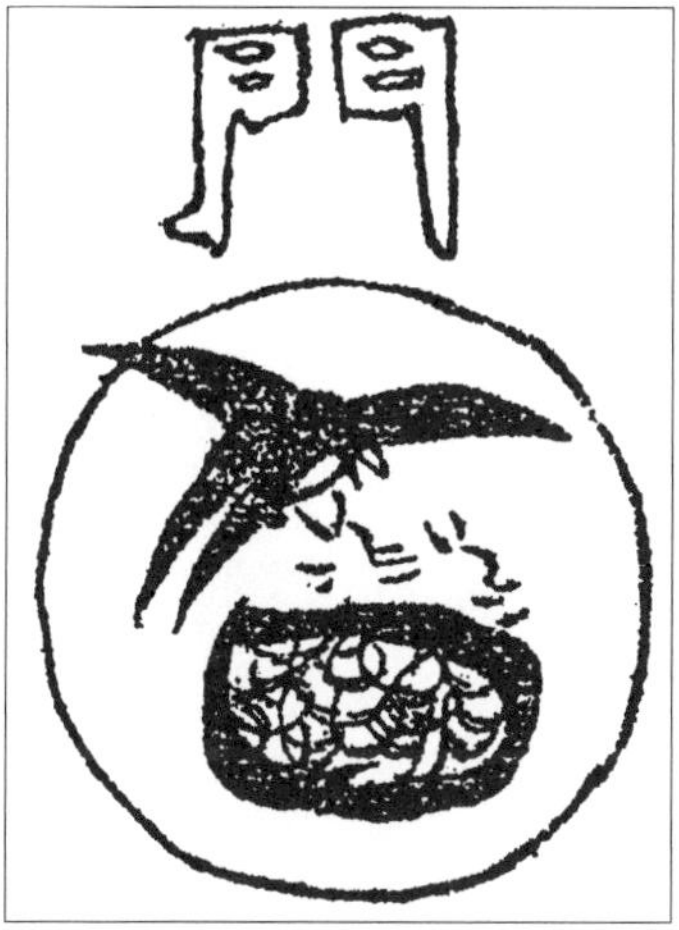

図33　『朝日新聞』掲載時の『門』のカット。

しかし、夫婦には、お互い口にできないことがありました。

お米は、三度も流産を繰り返していました。彼女はその原因が自分にあると思っていますが、それを宗助に打ち明けることはできません。ふとその気になって、占い師に見てもらうと、「貴方《あなた》は人に対して済《す》まない事をした覚《おぼえ》がある。其《その》罪が祟《たた》つてゐるから、子供は決して育たない」と言われてしまいます。それ以来、宗助に罪悪感を感じながらも、このことを打ち明けられないでいました。

一方、宗助は、かつての裕福で前途洋々だった頃の自分を思い出させる、大家の坂井と親しくなり、何度か訪問するうち、自分がお米を奪った、かつての親友・安井と、危うく鉢合わせをしそうになります。坂井の弟が満州から友人を連れて戻ってくるので、ぜひ同席をと坂井に誘われますが、ふとその友人の名前を聞いてみるとそれは、お米を奪われたあと満州へ行ったと風の噂で耳にしていた安井だったのです。

輝かしい未来をなげうって手に入れたお米との生活に、ようやく安らぎを見いだせそうになっていた宗助は、再び大きく動揺し、禅に救いを求めます。会社を休んで、禅寺でしばらく修行の生活を送りますが、何もつかめないまま東京に戻ることになります。こうした葛藤を、宗助もまた、お米に打ち明けることができません。

ふたりきりの暮らしは、「神経の最後まで絡み合つてゐた」とまで、語り手によって美しく理想化されて描き出されます。しかし、実際は、自分がやったことの意味と、ひとりきりで向きあう時間と裏表のようにして、「仲むつまじい夫婦」の生活はあったのです。

◉……さらされる女のからだ

さて、ここでこだわってみたいのは、このように夫婦それぞれに与えられる苦しみの、質の違いです。結論から言えば、『門』では、夫の苦しみは精神に、妻の苦しみは身体に、より顕著にあらわれるのです。

宗助は、いくら自分が逃げ回っても、決してこの不安からは逃れられない、という思いを作中で強くしてゆきます。物語の結末、ひさしぶりに訪れた穏やかな小春日和の日差しを浴びながら、宗助はしかし「またぢき冬になるよ」と愛する妻に言わざるを得ません。このように、宗助の苦しみは、心の安定を得られないこと、不安と恐れから逃れられないことです。

これに対して、お米の苦しみは、身体の異変として描かれます。三度の流産と、狭心症の発作です。繰り返す流産に、お米はうちのめされますが、『門』という作品は、この姿を繰り返し詳細に、かつ鮮やかに描き出すのです。冒頭の例文は、流産をしたときの二人を描いた部分です。お米はさらに、狭心症の発作にも襲われます。

その時座敷で、

「貴方《あなた》一寸《ちょっと》」と云ふ御米の苦しさうな声が聞えたので、我知らず立ち上がつた。

座敷へ来て見ると、御米は眉を寄せて、右の手で自分の肩を抑えながら、胸迄《まで》蒲団《ふとん》の外《そと》へ乗り出してゐた。宗助は殆《ほとん》ど器械的に、同じ所へ手を出した。さうして御米の抑えてゐる上から、固く骨の角《かど》を攫《つか》んだ。

「もう少し後《うしろ》の方」と御米が訴へるやうに云つた。宗助の手が御米の思ふ所へ落ち付く迄《まで》には、二度も三度も其所此所《そこここ》と位置を易《か》えなければならなかつた。指で圧《お》して見ると、頸《くび》と肩の継目《つぎめ》の少し背中へ寄つた局部が、石の様に凝《こ》つてゐた。御米は男の力一杯にそれを抑えて呉《く》れと頼んだ。宗助の額《ひたい》からは汗が煮染《にじ》み出《だ》した。それでも御米の満足する程は力が出なかつた。［…］宗助は是《これ》はならんと思つた。けれども果して刃物を用ひて、肩の肉を突いて可《い》いものやら、悪いものやら、決しかねた。

御米は何時《いつ》になく逆上《のぼ》せて、耳迄《まで》赤くしてゐた。頭が熱いかと聞くと苦しさうに熱いと答えた。

このように、『門』という小説は、お米の苦悶する姿を繰り返し描き出します。いや、より正確に言えば、物語は彼女の苦悶する身体を描き、内面を描かないのです。

お米もまた罪悪感に苦しんでいたことは、占い師をめぐるエピソードからも明らかです。しかし、お米の内面の葛藤は、それ以上詳しくは描かれません。そのかわりに、まるで、宗助の内面の罪悪感と不安が詳細に描かれることと対応するかのように、お米の身体が苦悶する様子が、繰り返し描かれるのです。そして読者は、髪を乱し、汗を流し、疲労に目をくぼませ、布団からせり出して苦しむ女の身体を、宗助とともに見つめることになります。

常に穏やかな微笑を夫に示すことを忘れない女が、横たわり苦悶する姿は、強い印象を、宗助のみならず読者にも残します。ふだんがきっちりしているだけ、その落差が大きいのです。

ここで単純化を怖れずに言わせていただけるなら、漱石の小説では、しばしば女の身体がさらされるのです。産後の女、病床の女という、もっともプライベートな空間でのみ人が目にするはずの姿を、『門』では、宗助と彼の背後にいる読者集団が凝視します。不特定多数の好奇の目から、本来は隠されているはずのものが、ここではあらわにされています。女は、肉体的な苦しみに襲われていて、こちらを見返す余裕はありません。読者は安心して、苦しむ女の身体を、くまなく見つめることができるのです。

なるほど、近代小説というのは、隠された人の生活と心理を描くものですから、これはなにも特別な事態ではないとも考えられます。しかし、漱石の作品では、苦しむ男の身体をみんなで見る、という場面はそれほど多くはないのに、女にはしばしば起こるのです。

たとえば、『道草』のお住《すみ》もまた、流産や出産を繰り返して衰えてゆくというイメージで描き出されます。

彼は其所《そこ》に立つた儘《まま》、しばらく細君《さいくん》の寐顔《ねがお》を見詰めていた。肱《ひぢ》の上に載せられたその横顔は寧《むし》ろ蒼白かつた。彼は黙つて立つてゐた。御住《おすみ》といふ名前さへ呼ばなかつた。

彼は不図《ふと》眼を転じて、あらはな白い腕《かいな》の傍《そば》に放り出された一束の書物《かきもの》に気を付けた。［…］其《その》も書《かき》ものゝ一端は、殆《ほと》んど細君の頭の下に敷かれてゐると思はれる位、彼女の黒い髪で、健三の目を遮《さへ》ぎつていた。

彼はわざ〳〵それを引き出して見る気にもならずに、又《また》眼を蒼白い細君の額《ひたひ》の上に注いだ。彼女の頰は滑り落ちるようにこけてゐた。

「まあ御痩《や》せなすつた事」

久し振《ぶり》に彼女を訪問した親族のある女は、近頃の彼女の顔を見て驚ろいたやうに、斯《こ》んな評を加へた事があつた。其時健三は何故だか此《この》細君を痩せさせた凡《すべ》ての源因が自分一人にあるやうな心持《こころもち》がした。

妻の衰えに言葉を失う夫とともに、読者もまた、衰えてゆく女の身体をみつめます。

◉……発作を起こす女のからだ

女の身体がさらされるのは、出産や流産に限りません。『道草』には、ヒステリーの発作を起こす妻の姿も、赤裸々に描かれます。流産とヒステリーが、同時にやって来ることも珍しくはありません。

次に示すのは、『道草』に描かれる健三とお住夫婦が、もっとも危機的な状況にあったときの様子です。流産し、夫の愛も感じることができない新妻は、精神に変調を来し、自殺未遂を図ります。

図34　『朝日新聞』掲載時の『道草』のカット。

　そんな時に限つて、彼女の意識は何時でも朦《もう》朧《ろう》として夢よりも分別がなかつた。瞳孔《どうこう》が大きく開いてゐた。外界はたゞ幻影《まぼろし》のように映るらしかつた。

　枕辺に坐《すわ》つて彼女の顔を見詰めてゐる健三の眼には何時《いつ》でも不安が閃《ひら》めいた。時としては不《ふ》憫《びん》の念が凡《すべ》てに打ち勝つた。彼は能《よ》く気の毒な細君の乱れかゝつた髪に櫛を入れて遣《や》つた。汗ばんだ額を濡れ手拭で拭いて遣《や》つた。たまには気を確《たしか》にするために、顔へ霧を吹き掛けたり、口移しに水を飲ませたりした。

発作の今よりも劇《はげ》しかった昔の様も健三の記憶を刺戟《しげき》した。

或《ある》時の彼は毎夜細い紐で自分の帯と細君の帯とを繋いで寝た。紐の長さを四尺程にして、寝返りが充分出来るやうに工夫された此《この》用意は、細君の抗議なしに幾晩も繰り返された。

或《ある》時の彼は細君の鳩尾《みぞおち》へ茶碗の糸底を宛《あて》がつて、力任せに押し付けた。それでも踏ん反《ぞ》り返らうとする彼女の魔力を此《この》一点で喰ひ留めなければならない彼は冷たい油汗を流した。

或《ある》時の彼は不思議な言葉を彼女の口から聞かされた。

「御天道《おてんとう》さまが来ました。五色《ごしき》の雲へ乗つて来ました。大変よ、貴夫《あなた》」

「妾《わたし》の赤ん坊は死んぢまつた。妾の死んだ赤ん坊が来たから行かなくつちやならない。そら其所《そこ》にゐるぢやありませんか。桔槹《はねつるべ》の中に。妾一寸《ちょっと》行つて見て来るから放して下さい」

流産してから間もない彼女は、抱き竦《すく》めにかゝる健三の手を振り払つて、斯《こ》う云ひながら起き上がらうとしたのである。

繰り返し確認をしておきたいのですが、こんなふうに、病床で我を忘れる身体が描かれるのは、漱石の作品では、女性の場合が多いのです。

◉………女のからだを見る男

ここで、少し立ち止まって考えてみましょう。病に苦しむ女を核とする物語は、漱石の時代以前にも、以後にも、おびただしく産み出されてきました。堀辰雄《ほりたつお》『風立ちぬ』（一九三六―三八年）をはじめとして、病に冒された女が、恋人にみとられながら死んでゆくという悲恋物語は数多く、大衆文学の常套でもあります。死にゆく女自身の内面が、どの程度本人の口から語られるかには違いがありますが、恋人のうしろで、読者が病気の女の苦しみを見つめるという構図も同じです。

ここで、あえて単純化を怖れずに考えてみたいと思います。病床に限らず、プライベートな空間でのみ眼にするような女の身体を、公共的な空間で、集団で見るというのは、私たちの文化全体の大きな傾向としてあるのではないでしょうか。

日本の近代文学に限ってみても、内密な空間における女の身体、それを見る男をめぐる物語を描いた作家は、谷崎潤一郎、永井《ながい》荷風《かふう》、川端康成《かわばたやすなり》、太宰治、吉行淳《よしゆきじゅん》之介《のすけ》をはじめとして、ほとんど枚挙に暇がないほどです。その意味では、漱石もまた、そのような文化の傾向のなかにいた、

さらす

ということでもあります。
しかし、女の身体がさらされる、その意味は、作者や作品によって大きく異なります。たとえば谷崎潤一郎の『痴人の愛』では、女の身体の細部が、さながらクローズアップのカメラで追っていくかのように、詳細に描かれます。

なおも日記を繰って行くと、まだまだ写真が幾色となく出て来ました。その撮り方はだんだん微に入り、細を穿《うが》って、部分々々を大映しにして、鼻の形、眼の形、唇の形、指の形、腕の曲線、肩の曲線、背筋の曲線、脚の曲線、手頸《てくび》、足頸、肘《ひじ》、膝頭《ひざがしら》、足の蹠《うら》までも写してあり、さながら希臘《ギリシヤ》の彫刻が奈良の仏像か何かを扱うようにしてあるのです。

これは、『痴人の愛』の主人公の譲治《じょうじ》が、妻のナオミの度重なる浮気に堪忍袋の緒が切れて、いったんは彼女を追い出すものの、すぐにそれを後悔して、かつて撮影したナオミの写真を眺める、という場面です。ここでは、女の身体は、隅々まで観察され、その美と力を賛美されます。しかしその力は、『痴人の愛』では、究極的には、女の身体を見る側の男によってコントロールされており、決して男の脅威とはならないのです。
しかしながら、漱石の場合は事情が少し異なります。もっとも大きな違いは、さらされる女の心身がほとんどつねに病んでいるということ。そしてもうひとつは、そこに、見る男の恐怖が潜在していることです。

◉……………恐怖と調伏

もう一度、『門』の世界に戻ってみましょう。安井の影に怯える宗助は、安井からお米を奪って夫婦になったという事態に、いまだ馴染めないでいます。宗助とお米が、具体的にどのような経緯を経ていっしょになったのか、『門』という作品は、ほとんど語りません。ただ、「大風は突然不用意の二人を吹き倒したのである。二人が起き上がつた時は何処《どこ》も彼所《かしこ》も既に砂だらけであつたのである。彼等は砂だらけになつた自分達を認めた。けれども何時《いつ》吹き倒されたかを知らなかつた。」とだけ書かれています。ここからわかるのは、二人の結びつきが、熟慮の末の選択ではなくて、一種の事故のようなものとしてあった、ということです。

たとえば、時間的に『門』の前のふたりを描いたと考えられる『それから』の代助《だいすけ》は、親友の妻の三千代《みちよ》を自分が必要としているということ、それが現実的にもたらす結果を、何度も考えます。そして、恐れ苦しみながらも、自覚的に三千代を選び取っていきます。しかし、そのようなプロセスは、宗助にはなかったのです。

つまり、宗助にとってお米との関係は、意識を超えて自分をなぎ倒したアクシデントであった、と考えられます。結果として宗助は、輝かしい未来も、裕福な暮らしも、家族や親戚や友人たちとの関係も失い、雨靴を買う余裕すらないなかで、出世の見込みのない仕事に心身をすり減らす日々を送ることになります。弟の面倒を見るという、家長としての役割も、十分に果たすことができません。そして、その代償は、お米だけなのです。それなのに、ふたりの間には子供が出来ません。

このような暮らしのなかで宗助は、自分の選択が正しかったのかどうか、深いところで疑い始めています。安井をめぐる宗助の不安は、お米との生活への不安と、表裏一体なのです。

冒頭で、妻のお米が、つねに夫に微笑を見せることを忘れない妻であると述べました。しかし、夫婦はそれぞれに相手には言えない不安を抱え、お米は流産や狭心症に苦しめられるし、宗助は安井の影に怯えます。不安と背中合わせの日々のなかで、お米の微笑は、宗助にとって、複雑な意味をはらみ始めます。

> 三時は朦朧《もうろう》として聞えた様な聞えない様なうちに過ぎた。四時、五時、六時は丸《まる》で知らなかつた。たゞ世の中が膨《ふく》れた。天《てん》が波を打つて伸び且《か》つ縮んだ。地球が糸で釣るした毬《まり》の如《ごと》くに大きな弧線を描いて空間に揺《うご》いた。凡《すべ》てが恐ろしい魔の支配する夢であつた。七時過《すぎ》に彼

ははっとして、此《この》夢から覚めた。御米が何時《いつ》もの通り微笑して枕元に曲《かゞ》んでゐた。

常に自分に示される妻の微笑。それこそが自分を追い詰めていることに、宗助はここで直面させられています。宗助のお米への感情の根底には、恐怖があるのです。予想もしなかった未来に、自分を引きずり込んだ女の圧倒的な力。なすすべもなく翻弄されるしかなかった自分という存在の脆さへの驚き。

これは、お米自身の力でも、ましてや、宗助自身の弱さでもありません。そうではなくて、人と人の関係がはらむ、どう転ぶかわからない、偶然性と暴力性に満ちた場への、驚きと恐怖に、宗助はいまだ目を見張っているのです。

●……生誕と死の向こう

漱石の作品で、恐怖とともに女の身体がさらされるのは、病気や流産の場面に限りません。『門』と『道草』には、出産を繰り返し、新しい命を産み出す一方で、衰え老いてゆく女の姿が描かれます。『道草』の、非常に印象的な、出産の場面を見てみましょう。ここでは女の身体は、生誕と死の世界に通じる暗い穴であり、それは謎に満ちた不気味なものとして、読者の前に口を開けています。

彼が細君の枕元へ帰って来た時、彼女の痛みは益《ます〳〵》劇《はげ》しくなつた。彼の神経は一分毎《ごと》に門前で停まる車の響を待ち受けなければならない程に緊張して来た。

産婆は容易に来なかつた。細君の唸る声が絶間なく静かな夜の室《へや》を不安に攪《か》き乱した。五分経つか経ないうちに、彼女は「もう生れます」と夫に宣告した。さうして今迄《まで》我慢に我慢を重ねて怺《こら》へて来たやうな叫び声を一度に揚《あ》げると共に胎児を分娩した。

「確《しつ》かりしろ」

すぐ立つて蒲団《ふとん》の裾《すそ》の方に廻つた健三は、何《ど》うして好いか分らなかつた。其《その》時例の洋燈《ランプ》は細長い火蓋《ほや》の中で、死のやうに静かな光を薄暗く室内に投げた。健三の眼を落《おと》している辺《あたり》は、夜具の縞《しま》柄さへ判明《はっきり》しないぼんやりした陰で一面に裹《つゝ》まれてゐた。

彼は狼狽した。けれども洋燈を移して其所《そこ》を輝《てら》すのは、男子の見るべからざるものを強《し》ひて見るやうな心持がして気が引けた。彼は已《やむ》を得ず暗中に摸索した。彼の右手は忽《たちま》ち一種異様の触覚をもつて、今まで経験した事のない或物《あるもの》に触れた。その或物は寒天のやうにぷり〳〵していた。さうして輪廓《りんかく》からいつても恰好《かっこう》の判然しない何かの塊に過ぎなかつた。彼は気味の悪い感じを彼の全身に伝へるこの塊を軽く指頭で撫でゝ見た。塊は動きもしなければ泣きもしなかつた。たゞ撫でるたんびにぷり〳〵した寒天のやうなものが剝げ落ちるやうに思へた。若《も》し強く抑へたり持つたりすれば、全体が屹度《きっと》崩れて仕舞《しま》ふに違《ちがひ》ないと彼は考へた。

彼は恐ろしくなって急に手を引込めた。

命を賭けて子供を産む女と、この世に生まれ落ちたばかりの新しい命。感動的な場面のはずなのに、母も子も闇のなかに静かに横たわり、その輪郭すら定かではありません。そればかりか、赤ん坊は「何かの塊」としか思われず、触ると「気味の悪い」「ぷりぷりした寒天のような」感じがして、「恐ろし」くなって手をひっこめたくなるようなものなのです。

新しい命の誕生は、驚くほど黒く不気味な感触で描き出されます。漱石の文学において、出産と誕生は、恐怖につながっているのです。それは、この世界に存在していることの秘められた意味が、暴かれてしまう瞬間でもあります。

漱石は、『吾輩は猫である』とほぼ同時に発表した『倫敦塔《ろんどんとう》』で、「生まれた以上生きねばならぬ」と書いていました。命は、自身をやみくもに駆り立てる、正体の知れない大きな力と感じられています。そして、死ぬことができない以上、この力にひきずられてこの世で生きてゆくしかない。そんな感慨が、塔に閉じこめられた囚人の思いに重ねて、『倫敦塔』では語られます。

『門』で、お米の身体が、繰り返し苦しめられさらされなくてはならないのは、ここに理由があるのではないでしょうか。つまり、コントロールできない生へと、自分を引きずり回す大きな力——それはまた女が開示するものでもあります——への恐怖を鎮めるために、女の身体は繰り返し、さらされ、いましめられ、見つめられなくてはならないのではないでしょうか。獣のようにのたうちまわる女の身体を、手を引っ込めて、遠くから見つめることができれば、そのまなざしによって翻弄されることもなくなるでしょう。だからこそ、ほとんど儀式のようなこうした場面が、小説を読む読者たちをも巻き込んで、漱石の作品では繰り返されるのです。

◉……男が男のからだを見つめる

さて、ここまで、漱石の作品でしばしば、女の身体がさらされることの意味を考えてきました。では、男の身体の場合はどうなのでしょうか。

男の身体も、漱石の作品には描かれています。たとえば、『二百十日《にひゃくとおか》』の「圭さん」の筋骨たくましい肉体は、誤った社会を正すエネルギーを象徴しています。これに対して、『それから』の代助の身体は、彼自身の眼から見ても美しいものですが、社会とのつながりは見失われています。

男が、男の身体を、嫉妬のまなざしで見つめることもあります。『彼岸過迄』では、主人公の須永に、嫉妬を感じさせるライバルの男の身体が、内向的な性格の須永に生々しく迫ってきます。『行人』の一郎は、弟の二郎と妻との関係を疑っていますが、その弟は、痩せた兄とは対照的に、たくましい身体を持っています。

「ぢや縄でも絡《から》げませう。男の役だから」

自分（筆者注—二郎）は兄と反対に車夫や職人のするやうな荒仕事《あらしごと》に妙を得てゐた。ことに行李《こうり》を括《くゝ》るのは得意であつた。自分が縄を十文字に掛け始めると、嫂《あによめ》はすぐ立つて兄の居る室《へや》の方に行つた。自分は思はず其後姿《そのうしろすがた》を見送つた。

「二郎兄さんの機嫌は何《ど》うだつたい」と母がわざ〳〵小さな声で自分に聞いた。

「別に是《これ》と云ふ事もありません。なあに心配なさる事があるもんですか。大丈夫です」と自分は殊更《ことさら》に荒つぽく云つて、右足で行李の蓋《ふた》をぎい〳〵締めた。

「実はお前にも話したい事があるんだが。東京へでも帰つたら何れ《いず》又緩《またゆつ》くりね」

「えゝ緩《ゆつ》くり伺ひませう」

自分は斯《こ》う無造作に答へながら、腹の中では母の所謂《いわゆる》話なるものゝ内容を朧気《おぼろげ》ながら髣髴《ほうふつ》した。

少時《しばらく》すると、兄と嫂が別席から出て来た。自分は平気を粧《よそほ》ひながら母と話してゐる間にも、両人の会見と其《その》会見の結果に就《つ》いて多少気掛りな所があつた。母は二人の並んで来る様子を見て、やつと安心した風を見せた。自分にも何処《どこ》かにそんな所があつた。

自分は行李を絡げる努力で、顔やら背中やらから汗が沢山《たくさん》出た。腕捲《うでまく》りをした上、浴衣《ゆかた》の袖で汗を容赦なく拭いた。

「おい暑さうだ。少し扇《あふ》いでやるが好《い》い」
兄は斯《こ》う云《い》つて嫂を顧《かへり》みた。嫂は静《しづか》に立つて自分を扇いで呉《く》れた。
「何よござんす。もう直《ぢき》ですから」
自分が斯《こ》う断つてゐるうちに、やがて明日の荷造りは出来上つた。

この場面では、汗まみれになって荷造りをする二郎のからだを、一郎が見つめます。一郎にとってそれは、自分が男らしい仕事を担う肉体を持たないことを、どこかで確認する時間でもあります。

一郎は、研究的で繊細な、まるで頭だけで生きているような自分とは対照的な弟の姿から、目を離すことができないのです。そして、弟の二郎もまた、そのことをよく知っているのです。

『行人』には一方で、横たわる一郎の身体を、一郎の友人のHさんが見つめる場面もあります。ノイローゼ気味の一郎を心配した家族がHさんに相談し、一郎とHさんは、ふたりで山の中に旅をします。

私が此《この》手紙を書き始めた時、兄さんはぐう〳〵寝てゐました。この手紙を書き終る今も亦《また》ぐう〳〵寝てゐます。私は偶然兄さんの寝てゐる時に書き出して、偶然兄さんの寝てゐる時に書き終る私を妙に考へます。兄さんが此眠《この》りから永久覚めなかつたら嘸《さぞ》幸福だらうといふ気が何処《どこ》かでします。同時にもし此眠から永久覚めなかつたら嘸悲《さぞ》しいだらうといふ気も何処《どこ》かでします。

横たわる一郎の姿は彼の死をイメージさせ、Hさんのまなざしは、嫉妬でなく救済を示唆します。

●……………ゲイ小説としての『こころ』

『こころ』でも、男が男の身体を見つめるという場面が描かれます。しかし、ここでは見られる男の身体は、死の暗示から一歩進んで、実際に死体となっています。

私は突然Kの頭を抱えるやうに両手で少し持ち上げました。私はKの死顔《しにがほ》が一目《ひとめ》見たかつたのです。然《しか》し俯伏《うつぶし》になつてゐる彼の顔を、斯《こ》うして下から覗き込んだ時、私はすぐ其手《その》を放してしまひました。慄《ぞつ》とした許《ばかり》ではないのです。彼の頭が非常に重たく感ぜられたのです。私は上から今触つた冷たい耳と、平生に変らない五分刈の濃い髪の毛を少時《しばらく》眺めてゐました。私は少しも泣く気にはなれませんでした。私はたゞ恐ろしかつたのです。さうして其《その》恐ろしさは、眼の前の光景が官能を刺激して起る単調な恐ろしさ許《ばかり》ではありません。私は忽然と冷たくなつた此《この》友達によつて暗示された運命の恐ろしさを深く感じたのです。

ここまでを少し整理してみましょう。漱石の小説では、身体がクローズアップされるときに、二つのパターンがあるのです。ひとつめは、女の身体がさらされ男がそれを見つめる場合。それは、男女の関係や、生と死がはらむ暴力的な力に対する、男の恐怖を鎮めるという意味がありますす。見つめる男の背後には、読者共同体のまなざしがあります。男の共同体が女の身体を見つめるというのは、私たちの文化全体の傾向のひとつでもありますが、漱石の場合、女がしばしば死の影をひきずっている点、男が女を恐怖している点に特徴があります。

これに対し、ふたつめは、男の身体がさらされ、男がそれを見つめる場合です。男の身体がクローズアップされる場合、それを見つめるのも男です。男の背後に読者共同体のまなざしがある点も同じです。しかし、男が男の身体を見つめる場合の意味は、二つに分かれます。ひとつは、嫉妬。もうひとつは死（＝救済）です。嫉妬か死か。いっけん別物に見えますが、男の身体がふたつ両立することは不可能である、という意味では、同一の現象の裏と表と見ることもできます。

そもそも嫉妬の裏側には、相手と同一化したいという欲望があります。嫉妬は、愛の別の顔なのです。欧米では『こころ』は同性愛小説に見えるそうで、スティーヴン・ドッド氏は『こころ』をゲイ小説として読み解いています。(「『こころ』における肉体の重大性」『国文学解釈と鑑賞』62巻6号)。また、見られるのが女でも男でも、見るのは男なのです。

◉……女たちにさらされる男のからだ

ところが、たいへん興味深いことに、『明暗』ではじめて、女が男の身体を見るというパターンが登場します。しかも、複数の女が、一人の男の身体を見つめるのです。『明暗』のほとんどは、痔の手術を終えて病院の二階で寝ている主人公の津田のもとに、女たちがやってきてしゃべる、という場面から成ります。策略に満ち、プライドと生存を賭けて火花を散らし合う女たちは、揃《そろ》って男の病状に無関心です。女たちを手玉にとっているつもりの津田は、自分に迫ってくる女たちの間を何とか泳ぎつつ、一方では手術後の身体にわき起こる疼痛《とうつう》に耐えます。

つまり、この小説の中心には、病んだ男の身体があります。誰にもその病状の経過を予想できない、病んだ男の身体が、物語の結末へと読者を運んでいく小説なのです。この意味で、津田の身体は徹底的に女たち、そしてその背後にいる読者たちに、さらされていると言えるでしょう。

津田の痛みは、『門』のお米や『道草』のお住らが痛みに耐える様子ほどには、傍目《はため》にははっきりとわかりません。津田は、痛みを訴えるわけでもなく、取り乱した様子も見せません。彼自身すら、自分のからだの痛みを軽視しているようにも見えます。しかし、読者は、津田とともに、彼の身体に不意にわき起こる疼痛を、繰り返し味わうことになるのです。

手術後局部に起る変な感じが彼を襲つて来た。それはガーゼを詰め込んだ創口《きずぐち》の周囲にある筋肉が一時に収縮するために起《おこ》る特殊な心持に過ぎなかつたけれども、一旦始まつたが最後、恰《あたか》も呼吸か脈搏《はく》のやうに、規則正しく進行して已《や》まない種類のものであつた。
彼は一昨日《おとゝひ》の午後始めて第一の収縮を感じた。芝居へ行く許諾を彼から得たお延が、階子段《はしごだん》を下へ降りて行つた拍子に起つた此経験《このけいけん》は、彼に取つて全然新らしいものではなかつた。此前《このまえ》療治を受けた時、既に同じ現象の発見者であつた彼は、思はず「また始まつたな」と心の中で叫んだ。すると苦い記憶をわざと彼の為に繰り返してみせるやうに、収縮が規則正しく進行し出した。最初に肉が縮む、詰め込んだガーゼで荒々しくその肉を擦《こ》すられた気持がする、次にそれが段々《だんだん》緩和されて来る、やがて自然の状態に戻らうとする、途端に一度引いた浪《なみ》が又《また》磯へ打ち上げるやうな勢《いきおい》で、収縮感が猛烈に振り返してくる。すると彼の意志はその局部に対して全く平生の命令権を失つてしまふ。止《や》めさせようと焦慮《あせ》れば焦慮るほど、筋肉の方で猶《なほ》云ふ事を聞かなくなる。――是《これ》が過程であつた。

津田は此《この》変な感じとお延との間に何《ど》んな連絡があるか知らなかつた。彼は籠の中の鳥見たやうに彼女を取扱ふのが気の毒になつた。何時迄《いつまで》も彼女を自分の傍《そば》に引き付けて置くのを男らしくないと考へた。それで快よく彼女を自由な空気の中に放して遣《や》つた。然《しか》し彼女が彼の好意を感謝して、彼の病床を去るや否や、急に自分丈《だけ》一人取り残されたやうな気がし出した。彼は物足りない耳を傾むけて、お延の下へ降りて行く足音を聞いた。彼女が玄関の扉を開ける時、烈《はげ》しく鳴らした号鈴《ベル》の音さへ彼には余《あま》り無遠慮過ぎた。彼が局部から受ける厭《いや》な筋肉の感じは丁度此《この》時に再発したのである。

このあと、津田の上司の妻である吉川夫人が、温泉行きの計画を携えて津田のもとを訪れます。吉川夫人は津田とお延の結婚を積極的にとりまとめたのですが、そこには吉川夫人と津田の二人だけの過去がありました。津田はかつて清子《きよこ》という女性を愛していました。清子も津田を愛しているように見えました。吉川夫人は、若い男女の仲を近づけたり、離したりして、それを眺めることを楽しみました。もちろん、最後は二人を結婚させるつもりだったのですが、際どいところで清子は、津田と吉川夫人のもとから逃げ去ってしまいます。このことで津田に負い目を感じている吉川夫人は、お延と津田の縁談が持ち上がったとき、とりまとめに尽力したのです。

さて、吉川夫人が帰ったあと、津田の妹のお秀《ひで》とお延が、病床で鉢合わせをします。いずれの場面でも、津田は身体の内側の「変な感じ」に耐えながら、彼女らと丁々発止のやりとりを繰り広げ、じりじりと物語は進展してゆくのです。この「変な感じ」と、女たちの言動とが、何か関連しているのかどうか、津田には知るすべもありません。また、筋肉の動きを止めようとしても、自分の意志とは無関係に局部の収縮と弛緩が繰り返されます。

漱石は、痛みにのたうちまわる男の身体を、女が見つめる、という場面は書きませんでした。津田の身体は繰り返し痛みに襲われますが、彼はそれを口にせず、お延もお秀も吉川夫人も、そして清子も、女たちはひとり残らず、津田の身体の痛みには関心を示さないのです。

しかしながら、読者は、女たちに取り囲まれて病み横たわる男の物語を見つめ続けます。さらされる男の身体と、それを見る女たちの物語は、何を意味しているのでしょうか。漱石の死によって完結しないまま残された『明暗』から、はっきりした結論を導き出すのは難しいのですが、確かなのは、それはおそらく恐怖でも、嫉妬でも、死への願望でもないだろうということです。

津田の身体は、彼自身にもコントロールできない自動化した運動を繰り返しながら、徐々にどこかへと向かっていきます。彼の病気が、当人の予想以上に彼の身体の「奥まで」食い入っていることは、物語の冒頭で象徴的に示されています。

しかし、周りの女たちも、津田自身も、『明暗』では誰ひとり、この事態とは向き合いません。すべてを見通す語り手と読者だけが、息を呑んで、近づく破綻に気づかず各々の「一大事」に没頭する人々の姿を見つめるのです。

『明暗』において、津田の病む身体は、日常の土台に据えられた爆弾のようなもののメタファーになっています。

もちろん、健康が生活の基本であるという意味において、私たちの身体は日常を成り立たせる土台です。ただ、『明暗』ではそのような一般的な意味だけでなく、小説のプロットの要として、私たちが営む日常生活や人間関係の意味をあぶりだす装置として、男の病む身体が用いられているのです。

それだけではありません。『明暗』に描かれる津田の身体は、それを凝視するお延のまなざしによって、その空虚を暴かれてゆきます。それはまた、他者の愛を求めて苦悩した漱石が、最後に見出した、この世界の光景でもあります。この点については、次の「ほどく」の章でさらに追求してみたいと思います。

ほどく

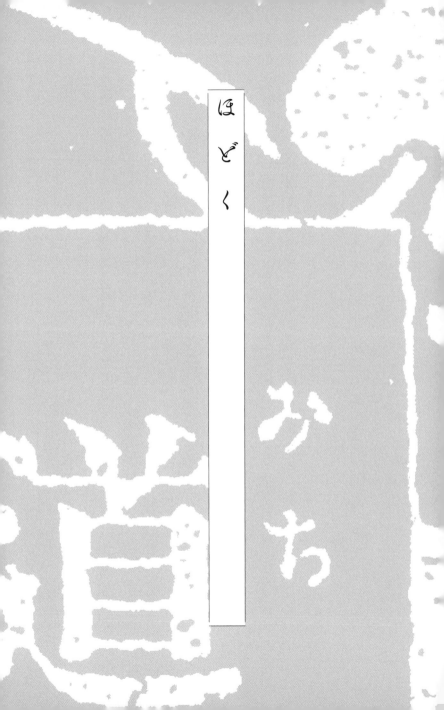

【例文】

健三が遠い所から帰つて来て駒込の奥に世帯《しよたい》を持つたのは東京を出てから何年目になるだらう。彼は故郷の土を踏む珍らしさのうちに一種の淋し味《み》さへ感じた。

彼の身体《からだ》には新らしく後《あと》に見捨てた遠い国の臭《にほひ》がまだ付着してゐた。彼はそれを忌《い》んだ。一日も早く其臭《そのにおい》を振《ふる》ひ落さなければならないと思つた。さうして其臭のうちに潜んでゐる彼の誇りと満足には却《かへ》つて気が付かなかつた。

彼は斯《こ》うした気分を有《も》つた人に有勝《ありがち》な落付《おちつき》のない態度で、千駄木から追分《おひわけ》へ出る通りを日に二返づゝ規則のやうに往来した。

ある日小雨が降つた。其時《そのとき》彼は外套も雨具も着けずに、たゞ傘を差した丈《だけ》で、何時《いつ》もの通りを本郷の方へ例刻《れいこく》に歩いて行つた。すると車屋の少しさきで思い懸けない人にはたりと出会つた。其《その》人は根津権現の裏門の坂を上つて、彼と反対に北へ向いて歩いて来たものと見えて、健三が行手を何気なく眺めた時、十間位先から既に彼の視線に入つたのである。さうして思はず彼の眼をわきへ外《そら》させたのである。

彼は知らん顔をして其《その》人の傍《そば》を通り抜けやうとした。けれども彼にはもう一遍《いつぺん》此《この》男の眼鼻立《めはなだち》を確かめる必要があつた。それで御互が二三間の距離に近づいた頃又眸《またひとみ》を其《その》人の方角に向けた。すると先方ではもう疾《と》くに彼の姿を凝《じつ》と見詰めてゐた。

往来は静《しづか》であつた。二人の間にはたゞ細い雨の糸が絶間なく落ちてゐる丈なので、御互が御互の顔を認めるには何の困難もなかつた。健三はすぐ眼をそらして又《また》真正面を向いた儘《まま》歩き出した。けれども相手は道端《みちばた》に立ち留まつたなり、少しも足を運ぶ気色なく、じつと彼の通り過ぎるのを見送つていた。健三は其《その》男の顔が彼の歩調につれて、少しずゝ動いて回るのに気が着いた位であつた。［…］

次の日健三はまた同じ時刻に同じ所を通つた。其《その》次の日も通つた。けれども帽子を被《かぶ》らない男はもう何処《どこ》からも出て来なかつた。彼は器械のやうに又義務のやうに何時もの道を往《い》つたり来たりした。

斯《こ》うした無事の日が五日続いた後、六日目の朝になつて帽子を被らない男は突然又《また》根津権現の坂の蔭から現はれて健三を脅やかした。それが此前《このまえ》と略《ほゞ》同じ場所で、時間も殆《ほと》んど此前《このまえ》と違はなかつた。

其時《そのとき》健三は相手の自分に近付くのを意識しつゝ、何時もの通り器械のやうに又《また》義務のやうに歩かうとした。けれども先方の態度は正反対であつた。何人をも不安にしなければ已《や》まない程な注意を双眼に集めて彼を凝視した。隙《すき》さへあれば彼に近付かうとする其《その》人の心が曇《どん》よりした眸《ひとみ》のうちにあり〳〵と読まれた。出来る丈《だけ》容赦なく其傍《そのそば》を通り抜けた健三の胸には変な予覚が起つた。

「とても是丈《これだけ》では済むまい」

（『道草』）

◉……不気味な男

例文は、『道草《みちくさ》』（図35）の冒頭部分です。主人公の健三《けんぞう》が、出勤の途中、「思い懸けない人」に「はたりと」出会うという場面から、この小説は始まります。

『道草』は、漱石の自伝的な小説です。主人公の健三は、イギリス留学から帰国して、東京帝国大学と第一高等学校の講師として勤務し始めたころの、漱石がモデルになっています。そして、健三が偶然出会う男は、漱石の養父・塩原昌之助《しおばらまさのすけ》がモデルです。物語はこのあと、数十年ぶりに再会した養父が出世したもとの養子に金を無心に来たり、いつまで経ってもしっくり心の通じ合わない妻が出産・出産したりという、漱石の実生活で起こった出来事を、ほぼ時間軸通りに描いています。

ここで注目したいのは、この再会の場面の不気味さです。いまご覧いただいた冒頭の場面は一見、義理の父と息子の再会を、淡々と描いているだけのように見えます。しかし、それだけでしょうか。すれちがうふたりのまなざし、降り続く雨、健三の歩行

図35　『道草』初版。装丁は津田青楓。

につれて、刻々と移動する男の顔。ここには異様な緊迫感が漂っています。それは、再会した二人の態度が、まがりなりにもかつては親子であった人のものには見えないほどよそよそしい、ということだけからもたらされているのではありません。

ここには、注目すべき文学的な手法がふんだんに用いられ、大きな効果を挙げています。それは、リアリズム小説の歴史における記念碑的なものと言えるかもしれず、大きな可能性をはらんでいました。やや先走って言えば、『明暗』で漱石は、こうした方法を開花させかかったものの、彼の命の方が先に尽きたように見えます。この章では、その表現の方法と効果、そしてそれがいかに漱石にとって重要なことであったか、さらにはこの手法が持つ文学の未来、について考えてみたいと思います。

●……………世界をむきだしにするレトリック

まず、養父の作中での呼ばれ方を検討してみましょう。彼の名は「島田」であることが、物語がかなり進んでから明らかにされます。しかし、この冒頭場面では、彼の名前は一度も用いられません。かつての養父であることも説明されません。代わりにどのように呼ばれているかを、順に見てみましょう。いわく、「思い懸けない人」、「其人《そのひと》」、「此男《このおとこ》」、「先方」、「相手」、「帽子を被《かぶ》らない男」。

なぜ、名前が直接呼ばれないのでしょうか。そして、名前の代わりに、このような呼び方が用いられると、どんな感じがするでしょうか。

これは文学表現の方法のひとつで、迂言法《うげんほう》（ペリフラーズ　peripharasis）と呼ばれるものです。迂言法とは、短い語句で言えることを、わざと複数の言葉を使って言いかえる修辞法で、たとえばトイレに行くことを「小用を足す」とか「お通じがある」などと表現するものです。そうすることで、直接言いにくいことを婉曲に述べ、上品さを示したり、ときには皮肉な響きを込めたり、様々な効果を出すことができます。

では、『道草』では、迂言法はどのような効果をねらって使われているのでしょうか。ここでは、皮肉でも優雅さでもないようです。「此男《このおとこ》」や「先方」「相手」という言い方では、健三が男と対峙していること以上に何の情報も読者に与えられません。こんなふうに描かれると、何だか正体不明、という感じがしませんか。文字通り、「名付けられない」不気味な存在として、養父は登場しているのです。

そしてもうひとつ、唯一の特徴として示される「帽子を被らない」ことも象徴的です。帽子をかぶるのは、明治の男性の正装であり、周りの人に礼儀を示すことでもありました。ですから、「帽子を被らない男」という呼び方は、通常示される礼儀などにはこだわらない人、非礼な人、ルールを守らない人、というニュアンスを読者に伝えます。また、帽子は文明開化によって日本に入ってきた新しい風俗なので、西洋文化や文明開化が象徴するもの――たとえば、教育、立身出世など――と無縁のひと、というイメージも、当時の読者は感じとったかもしれません。

さらに、養父の現れ方の表現にも特色があります。彼は健三の前に「はたりと」現れ、その後は「もうどこからも出てこなかった」にもかかわらず、「突然」「根津権現《ねづごんげん》の坂の蔭から現れて」ふたたび健三を「脅やか」したのです。

「出てくる」とか「坂の蔭から現れる」という言い方をすると、まるで養父が今この瞬間に、ひょいとこの世界に現れ出たかのような感じがしませんか。なんだかこの世のものではないようです。島田もまた、家を出て、根津権現に通じる道を通って歩いてきたはずなのですが。

そして、養父の現れ方の表現と表裏一体なのですが、健三の反応にも一貫した特徴があります。健三が「何気なく」前を見たときに、「突然」養父がそこに存在していたのであり、それに対して健三は「思わず」目をそらすのです。事態がいかに健三の予想を超えていたか、同時に、いかに健三のコントロールを超えているかが、簡潔な表現で雄弁に語られています。

さらに、養父と会わない日が「無事」と表現されることで、養父の出現は災厄のように感じられます。同時に、「とてもこれだけでは済むまい」という「変な予覚」に健三は襲われますが、なぜそんな「予覚」がするのか、健三にはわかりません。そのような「予覚」に襲われるのは、養父を見たとき「思わず」目をそらしたのと同じく、健三にはどうしようもないことなのです。

これに対して、島田の姿は、異形のもののように、その異様さを強調するかのように描かれます。「相手の自分に近づくのを意識しつつ」「その男の顔が彼の歩調につれて、少しずつ動いて回るのに気が着いた」。

ここは、映画なら、クローズアップとスローモーションの手法を使うところかもしれません。健三と島田の物理的な距離は、実際には数メートルほどはあったと思われます。しかし、健三の心の眼でとらえられた島田の姿は、現実の彼を超えて肥大化し、自分に迫ってくるように健三に感じられたことが、よくわかります。

要するに、この冒頭の場面は、〝健三の外側の現実世界で起こる出来事も、健三の心のなかで起こる感情や感覚も、すべてが「なぜ」そうなるのかという因果関係がわからず、また、「いつ」そうなるのかという予測も不可能であり、したがって健三は、なすすべもなく外側と内側で起こる事件にさらされているしかない〟という感覚を伝えてくるのです。これが、この場面が漂わせる異様な緊迫感の源です。二人の男のすれちがいを、ありのままに描写しているように見えますが、さりげない言葉のすべてが、健三の不安に深く裏打ちされています。見事な表現です。

これらすべての表現は、ある一点に向かって収束しています。それは、不気味なものへの恐怖です。健三は、そして彼の目を通して作品世界を体験する私たち読者は、不気味で正体不明で圧倒的な力の前に、無力にさらされているしかない存在である、それがこの世界に生きるということである、というメッセージです。

私たちはふだん、意識するしないに関わらず、何らかの因果関係を目の前の現象に与えながら生きています。日々の出来事について、どうしてそうなるのか、自分なりに解釈し、理由を与えながら生活しているのです。しかし、その解釈や因果関係が正しいかどうかはわかりません。それはあくまで、私たちが心のなかで「そういうことにしている」だけなのです。『道草』の迂言法は、こうした心の解釈癖を取り除いて、世界をむきだしで私たちの前に示す手法と言えるかもしれません。

◉……………感情を奪われた記憶

さて、養父は健三の予覚通り、彼の前に再び現れます。そもそも健三と島田は、健三が一九歳のときに絶縁しています。本家で長男と次男が相次いで亡くなり、養子に出されていた健三が呼び戻されたのです。その際、島田には、健三の父から養育費の名目でまとまった金が渡され、今後一切金銭は要求しないという覚書も取り交わされました。しかし、その後も島田は、健三の名前で金を借りたりしていました。

健三の妻や兄・姉たちは、どうせ金目当てだからもう島田とはつき合うなと健三に忠告します。しかし健三は、そのことがわかっていながら、島田を拒むことができません。健三の矛盾した行動は誰にも理解されません。健三自身も、うまく整理できないようです。しかし、その根本には、愛情をめぐる深い葛藤があります。健三は、自分は実の親にも育ての親にも、金品のように取引され、誰にも愛されていなかったのではないかという疑いに苦しんでいるのです。

『道草』で、過去の島田との日々と、現在の妻のお住との生活が、並行して描かれる理由は、ここにあります。数十年を経て、輝かしい履歴と社会的地位を手にしながら、誰にも愛されず無力だった子供の頃と今と、自分は何も変わっていないのではと、健三は深いところで感じてしまうのです。立派な大学教授のなかに、誰からも顧みられず、孤独と無力のなかに放置されている小さな子供がいるのです。妻とのいさかいに満ちた不愉快な日常は、孤独や無力感から救い出して欲しいという妻の愛への期待が、裏切られてしまうことから生じているように見えます。

『道草』では、迂言法は、島田との再会だけでなく、健三の幼少期の記憶を描くときにも用いられます。

彼は自分の生命を両断しやうと試みた。すると綺麗に切り棄てられべき筈《はづ》の過去が、却《かへ》つて自分を追掛《おいか》けて来た。彼の眼は行手を望んだ。然《しか》し彼の足は後へ歩きがちであつた。

さうして其《その》行き詰りには、大きな四角な家が建つてゐた。家には幅の広い階子段《はしごだん》のついた二階があつた。其《その》二階の上も下も、健三の眼には同じやうに見えた。廊下で囲まれた中庭もまた真四角であつた。

不思議な事に、其《その》広い宅《うち》には人が誰も住んでゐなかつた。それを淋しいとも思はずにゐられる程の幼ない彼には、まだ家といふものゝ経験と理解が欠けてゐた。

彼は幾つとなく続いてゐる部屋だの、遠く迄真直《までまつすぐ》に見える廊下だのを、恰《あたか》も天井の付いた町のやうに考へた。さうして人の通らない往来を一人で歩く気でそこいら中《ぢう》かけ廻つた。

[…]

彼はまた此《この》四角な家と唐金《からかね》の仏様の近所にある赤い門の家を覚えてゐた。赤い門の家は狭い往来から細い小路を二十間も折れ曲つて這入《はい》つた突き当りにあつた。その奥は一面の高藪で蔽《おお》はれてゐた。

此《この》狭い往来を突き当つて左へ曲ると長い下り坂があつた。健三の記憶の中に出てくる其《その》坂は、不規則な石段で下から上まで畳み上げられてゐた。古くなつて石の位置が動いた為か、段の方々《ほうぼう》には凸凹《でもぼこ》があつた。石と石の隙《すきま》からは青草《あおくさ》が風に靡《なび》いた。それでも其所《そこ》は人の通行する路《みち》に違《ちがひ》なかつた。彼は草履穿《ぞうりばき》の儘《まま》で、何度か其《その》高い石段を上つたり下がつたりした。[…]

「自分は其時分《そのじぶん》誰と共に住んでゐたのだらう」

彼には何等《なんら》の記憶もなかつた。彼の頭は丸《まる》で白紙のやうなものであつた。けれども理解力の索引に訴へて考へれば、何《ど》うしても島田夫婦と共に暮したと云はなければならなかつた。

大森荘蔵は、記憶とは再現ではなく、言語による制作であると述べています（『時間と自我』『時間と存在』『時は流れず』など）。中島義道氏は、大森の一連の観点を受け継いだ上で「現在と過去との関係とは意味的＝言語的関係」である、とまとめています（『「時間」を哲学する──過去はどこへ行ったのか』）。過去の出来事は、その出来事が現在の自分にとってどんな意味があるのか言葉で言えたときに、過去になるのです。

しかし、想起された内容が、実体としての過去の「再現」とは別物であることはよくわかりますが、過去は想起する現在における言語的意味的制作であるという見方には、若干の留保が必要ではないでしょうか。少なくとも、このような観点からは、健三の想起体験はうまく説明できないのです。

先ほど述べたように、島田夫婦に関する健三の紀憶の特徴は、映像としては鮮明であるのに、自分の過去であるという実感が湧かず、前後関係もわからないという点にありました。このような状態は、彼がそれらの記憶を自分の過去とすることに何らかの抵抗を感じていることを示しているのではないでしょうか。そして、なぜ受け入れられないのかというと、過去の体験が今の自分にとってどんな意味があるのかがわからないからでないでしょうか。

つまり、健三の想起体験においては、想起された内容が現在どのような意味を持つのか、その意味が見失われている点が、まさに問題となっているのです。言い換えれば、かつて島田夫婦に養育されたという自分の体験を、健三はいまだにどのように受けとめればよいのかわからないままなのです。「つらかった」のか、それとも「楽しかった」のか、具体的な感情を、健三は過去の記憶に持つことが出来ません。過去の記憶が、断片的でありながら鮮明であるという、健三の想起の体験の特質は、このような理由から生じているのです。

◉……偉人の苦闘時代の物語？

『道草』では、意味づけを拒むこのような出来事や記憶が、大きな物語のなかに回収されてゆきます。これらすべての体験は、健三がやがてより偉くなるための、途上の一コマである、というふうに。

彼は金持になるか、偉くなるか、二つのうち何方《どっち》かに中途半端な自分を片付けたくなつた。然《しか》し今から金持になるのは迂闊《うかつ》な彼に取《と》つてもう遅かつた。偉くならうとすれば又《また》色々な塵《わづら》労《ひ》が邪魔をした。其《その》塵労の種をよく〳〵調べて見ると、矢《や》つ張《ぱ》り金のないのが大源因《げんいん》になつてゐた。何《ど》うして好《い》いか解らない彼はしきりに焦《じ》れた。金の力で支配出来ない真《しん》に偉大なものが彼の眼に這入《はい》つて来るにはまだ大分《だいぶ》間があった。

『道草』の語り手は、このように語ることで、健三がやがて「真に偉大なもの」を眼にするようになると言います。しかし、『道草』には、健三が将来「真に偉大なもの」を発見する徴候も、伏線らしきものも、見あたらないのです。ああ、こうやって苦境から脱してゆくんだなというような、次の展開を示すような要素は、『道草』の世界には何ら存在しません。いきおい、語り手のこの断言は、説得力を欠いたものになってしまいます。読者は、語り手の言葉と、それとは無関係に描かれる、健三の体験する無意味な世界とのあいだで、どちらに向かえばよいのかわからなくなるかもしれません。

ちなみに、漱石文学の研究の歴史のなかで『道草』は長く、「やがて偉くなる人の若い頃の苦闘の物語」と読まれてきました。それは漱石自身を道徳的・人間的に称揚するまなざしと、軌を一にしたものでした。

しかし、そのような漱石神話を取り除いてこの作品を読んでみると、無意味な世界に放置される人間が見た、世界の不気味な感触が表現された文学作品、と読むことができます。そして、こちらの方が、現代の読者の感覚に近いようにも思われます。二〇世紀以降の文学読者は、世界に確たる意味などもはや見いだせないのでは、という感覚を共有しているからです。

◉……ほどかれてゆく体験

実はこのような世界の表現を、『道草』以前にも漱石は試みていました。たとえば『坑夫《こうふ》』（一九〇八年）には次のような注目すべき部分があります。

よく小説家がこんな性格を書くの、あんな性格をこしらへるのと云《い》つて得意がつてゐる。読者もあの性格がかうだの、あゝだのと分つた様な事を云つてるが、ありや、みんな嘘をかいて楽しんだり、嘘を読んで嬉しがつてるんだらう。本当の事を云《い》ふと性格なんて纏《まとま》つたものはありやしない。本当の事が小説家抔《など》にかけるものぢやなし、書いたつて、小説になる気づかひはあるまい。本当の人間は妙に纏めにくいものだ。神さまでも手古《てこ》ずる位《くらい》纏まらない物体だ。

現代ふうに言えば、アイデンティティもキャラも幻想、というところでしょうか。人間には一貫した「自己」がある、という人間観は、近代世界の基盤にあるもので、法律の適用の根拠ともなるものです。しかし、二〇世紀文学では、このような人間の一貫性というものが、徹底して批判されます。場面や相手ごとに、キャラを変える生き方は、案外筋道が通っているのです。ただし、『坑夫』では、これが主人公の思考として展開されているだけで、実際には、恋愛関係に悩む高学歴青年というキャラクターが、しっかりと主人公にはあります。この点に、文学作品としての弱さもあるかもしれません。

短編小説では、どうでしょうか。漱石は、「小品《しょうひん》」と呼ばれる短編小説的ジャンルで、「性格」には「纏まらない」人間の姿を描きました。たとえば『夢十夜《ゆめじゅうや》』でも、迂言法は使われています。

床屋の敷居を跨《また》いだら、白い着物を着てかたまつていた三四人が、一度に入らつしやいと云《い》つた。

真中に立つて見廻すと、四角な部屋である。窓が二方に開《あ》いて、残る二方に鏡が懸《か》つてゐる。鏡の数を勘定《かんじょう》したら六つあつた。

自分は其一つの前へ来て腰を卸《おろ》した。すると御尻がぶくりと云つた。余程《よほど》坐《すわ》り心地が好《よ》く出来た椅子である。鏡には自分の顔が立派に映つた。顔の後《うしろ》には窓が見えた。それから帳場格子が斜《はす》に見えた。格子の中には人がゐなかつた。窓の外を通る往来の人の腰から上がよく見えた。

庄太郎が女を連れて通る。庄太郎は何時《いつ》の間にかパナマの帽子を買つて被《かぶ》つてゐる。女も何時《いつ》の間に拵《こし》らへたものやら。一寸《ちょっと》解らない。双方共得意の様《よう》であつた。よく女の顔を見やうと思ふうちに通り過ぎて仕舞《しま》つた。

豆腐屋が喇叭《ラッパ》を吹いて通つた。喇叭を口へ宛《あて》がつてゐるんで、頬ぺたが蜂に刺された様に膨れてゐた。膨れたまんまで通り越したものだから、気掛《きがか》りで堪《たま》らない。生涯蜂に刺されてゐる様《よう》に思う。

芸者が出た。まだ御化粧《おつくり》をしてゐない。島田の根が緩んで、何だか頭に締りがない。顔も寝ぼけてゐる。色沢《いろつや》が気の毒な程悪い。それで御辞儀をして、どうも何《なん》とかですと云《い》つたが、相手はどうしても鏡の中へ出て来ない。

すると白い着物を着た大きな男が、自分の後ろへ来て、鋏《はさみ》と櫛《くし》を持つて自分の頭を眺め出した。自分は薄い髭を捩《ねじ》つて、どうだらう物になるだらうかと尋ねた。白い男は、何にも云《い》はずに、手に持つた琥珀色《こはくいろ》の櫛で軽く自分の頭を叩いた。

「さあ、頭もだが、どうだらう、物になるだらうか」と自分は白い男に聞いた。白い男はやはり何も答へずに、ちやき〳〵と鋏を鳴らし始めた。

（傍点筆者）

床屋というのは、人を妙に不安な気持ちにさせるところです。頭だけ出して白い布を被せられ、刃物を持った人に、無防備になすがままにされる。仰向けにされて、白い服を着た人にあれこれされる、という点で、病院や歯医者にも似ています。人間がふだんいかに、服装や髪型といった装飾物で「自分」をつくっているかよくわかります。ちなみに志賀直哉《しがなおや》も、『剃刀《かみそり》』（一九一〇年）という秀逸な作品で、床屋における不安を描いています。

それはさて置いて、ここでも「白い着物を着た大きな男」といった表現が効いています。「三丁目の床屋のトメさん」ではだめなのです。さらに、「物になるだらうか」という表現も上手い。どちらも、床屋で髪を刈るという現実の具体的な体験が、よりぼんやりとした、輪郭の定かでない、それゆえに普遍性を持つ世界に向かって、ほどかれてゆきます。こうした表現が相俟って、生きることのはらむ不安が、象徴的に浮かび上がってくるのです。そう、私たちが生きてゆくということは、白い服を着た知らない大きな人に、未来を尋ねても答えてもらえず、無防備なまま放置されるということなのです。

◉……グロテスクなこの世界へ

白い着物を着た男が、横たわる自分の運命を握っているという図は、『明暗』の冒頭でも、象徴性を持って繰り返されます。さきほど見た『夢十夜』第八夜の象徴性や不安感の、さらなる展開と言ってよいでしょう。第八夜では、鏡を通した視覚の不思議に焦点があてられていましたが、ここでは、身体の内部の世界への、顕微鏡的視界へと変奏されています。


医者は探りを入れた後で、手術台の上から津田を下した。

「矢張《やっぱり》穴が腸迄《まで》続いてゐるんでした。この前探つた時は、途中に瘢痕の隆起があつたので、つい其所《そこ》が行き留りだとばかり思つて、あゝ云つたんですが、今日疎通を好《す》くする為に、其《そ》奴《いつ》をがり〳〵掻き落して見ると、まだ奥があるんです」

「そうして夫《それ》が腸迄《まで》続いてゐるんですか」

「さうです。五分位だと思つてゐたのが約一寸程あるんです」

津田の顔には苦笑の裡《うち》に淡く盛り上げられた失望の色が見えた。医者は白いだぶだぶした上着の前に両手を組み合はせた儘《まま》、一寸首を傾けた。其《その》様子が「御気の毒ですが事実だから仕方がありません。医者は自分の職業に対して嘘言《うそ》を吐《つ》く訳に行かないんですから」といふ意味に受取れた。


（傍点筆者）

ここでは、白い服を着た男という姿だけではなく、「一寸首を傾けた」という身振りも、「意味するもの」として機能しています。日常のいろんな細部が、なんだか意味ありげに見えるのに、どんな意味があるのかはどうしても教えてもらえない、というのが『明暗』の世界です。
「という意味に受け取れた」とありますが、この言い方は、人のしぐさや身振りと、その意図との結びつきが、必ずしもしっかりしたものではないことを示しています。医者が手を組んだまままちょっと首を傾けたのは、予想より悪い病状に落胆する患者への同情からなのか、たまたま肩が凝っていたからなのか、結局のところわからないのです。

そしてこの、外から見える身振りと、その意味との結びつきとのゆるみの果てに、人の顔が果てしなく「意味するもの」として、しかし求める答＝意味内容からは絶えず逃れてゆくモノへと変貌する、『明暗』のグロテスクな世界が出現するのです。

次に引用するのは、『明暗』の主人公夫婦の妻のお延《のぶ》が、夫の津田の表情を見つめる場面です。夫の愛が自分の生活の基盤であると考える専業主婦のお延は、夫が結婚前に愛していた女性と再会しようとしていることを、鋭い勘で感じとります。自分を陥れる陰謀を疑うお延は、黒幕と彼女が信じる津田の妹や上司夫人らに会い、彼女らの表情の変化から陰謀の確証を得ようと苦闘しますが、叶いません。その渦中で、妹のお秀《ひで》と津田の激しい兄妹喧嘩をうまく収めたお延は、久しぶりに夫と心が通じ合ったような気持ちになります。

さうして二人の顔を見合せたのは、お秀を送り出したお延が、階子段《はしごだん》を上つて、又室《またへや》の入口に其《その》すらりとした姿を現はした刹那であつた。お延は微笑した。すると津田も微笑した。其《そ》所《こ》には外《ほか》に何にもなかつた。たゞ二人がゐる丈《たけ》であつた。さうして互《たがひ》の微笑が互の胸の底に沈んだ。少なくともお延は久し振りに本来の津田を其所《そこ》に認めたやうな気がした。彼女は肉の上に浮び上つた其微笑が何の象徴《シムボル》であるかを殆《ほと》んど知らなかつた。たゞ一種の恰好を取つて動いた肉其物《そのもの》の形が、彼女には嬉しい記念であつた。彼女は大事にそれを心の奥に仕舞《しま》ひ込んだ。

（傍点筆者）

『明暗』のお延にとって、唯一の武器は、他人のわずかな表情の変化も見逃さない、対人関係における鋭い観察力です。しかし作者は、彼女がほとんど死力を尽くして見つめても、そこには「肉其物《そのもの》の形」しかないのだ、と書いてしまうのです。人の顔が「肉其物《そのもの》」でしかないようなグロテスクな世界が、ここにはぽっかりと口を開けています。

こういう場面を読むと、漱石はここから、いま残されている作品群とはまったく違う小説を書き始めることもできただろうと思わざるを得ません。そしてそれは、世界の無意味さと正面から向かい合う点で、二〇世紀文学の古典にふさわしいものになったのではと感じます。作家としてすでに数々の名作をものにし、人生の晩年を迎えながら、なおかつ新しい世界へと大きく踏み出そうとしていたのです。晩年とはとても思えない、漱石の作家としての貪欲さを、ひしひしと感じます。

終章

漱石が使いこなした日本語の表現の幅広さは、同時代の他の作家達と比較しても際だっています。なぜこれほど多彩な表現が可能になったのでしょうか。また、漱石の歩みからいま私たちはどんなことを学べるでしょうか。最後に考えてみたいと思います。

◉……………資質と時代

漱石の表現は、個人的な資質や積み上げた教養と、激動する明治という時代が求めるものとが、がっぷり四つに組んだ末の産物です。

愛情に恵まれず、不安定な内面を抱えながらも東西の教養を積み上げた漱石は、学者として、趣味人として、騒がしい世間から距離を置く高踏的な生涯を送るべき人だったのかもしれません。しかし、国を挙げて西洋化に邁進し、それが言葉すら変えてしまう時代に新聞小説作家になったことで、日本語の表現を通して、時代と正面から向き合わざるを得なくなったのです。

新聞を読む読者は、漱石の勤めていた大学や高校の教え子たち、『吾輩は猫である』などが掲載された文芸雑誌の読者たちにくらべて、桁違いに数が多く、また幅広いひとたちです。この「大衆」に向き合わざるを得なくなったことで、漱石は小説の文体を変えました。日本や中国で長く読み継がれてきた「古典」に典拠を持つ語句を駆使した華麗な文体をやめ、誰もが理解できる平易な言文一致体に切り換えました。

語彙や文体の切りかえは、小説のテーマの変更をも、漱石に迫ることになりました。同じテーマを、言葉だけ変えて表現する、ということはできないのです。言葉には歴史があり、歴史のなかでつちかわれてきた連想の体系があります。ある言葉を選び取るということは、その言葉がどんな場面で、どんな言葉といっしょに、どんな目的のために使われてきたかという、そ、の、言、葉、の、使、わ、れ、方、の、歴、史、を、選、び、取、る、ということなのです。そして、具体的な歴史を背負った、ある言葉を選びとったときに、表したい「内容」も出現するのです。

漱石の場合、とくに漢文調の表現を使えなくなり、言文一致体を採用することと並行して、「何か大きなものが、どこかでわたしたちのこの世界を統御していて、最終的にはその配剤によって人間は収まるべき所に収まるのだ」という、漢文が伝統的に持っていた世界観も、作品世界のなかで影を潜めてゆきます。代わって、どこまで行っても卑小な人間による「塵労《じんろう》」（俗世間でのわずらわしい苦労。『行人』の言葉）の世界がこの世には果てしなく広がっているばかりである、という苦い認識がじわじわと浸透してゆくのです。

言文一致体による「描写」は、そこで用いられている言葉そのものではなく、言葉が指し示す意味内容に、わたしたちの意識を集中させます。このような文体を手に入れることでリアリズム文学が生まれ、「内面」の描写も可能になります。この流れのうえに、人間の内面心理を顕微鏡で観察するような漱石の長編小説が生み出されたのです。

漱石個人にとって、人間の内面心理の解剖は、生い立ちと家族をめぐる自分の心の傷を、自分で調べるような作業でした。執筆に伴う心身の不調は、結果的に漱石の生涯を縮めたように見えます。しかし、おかげでいま私たちは、自分たちがどのような姿をしているのかを、息を呑んで鏡を覗き込むように、その作品から知ることができるのです。

◉……捨てる、つくりかえる

このような漱石の足跡は、言葉を通じた自己変革とも呼べるでしょう。この自己変革は、漱石の人生の最後の一〇年間に集中的に行われています。人生の円熟期において、これまで積み上げてきたものを捨てるのは勇気のいることです。しかし漱石は、いったん捨て去ることによって、新しいものをつかみとる力や、積み上げてきたものをまったく違う面から利用する力を、手に入れているのです。

たとえば、漱石は、英文学者をやめて作家になりました。しかし、作家になったあとも、同時代の西洋文学の動向を追いかけ続けました。ただしそれは研究のためではなく、徹底して「創作にどう生かすか」という観点からだったようです。創作にあたって、西洋の現代小説から、鍵になるヒントを得ていたことを示すメモや書き込みなどが、数多く残されています。また、超越的なものなど何もない「俗世間」にうごめく卑小な人間たちの姿を凝視することで、スリリングな『明暗』の世界を出現させましたが、そこではいったん捨てた漢文の教養が、語彙のレベルで、新しく利用されています。

言文一致体で現代的な小説を書くようになってからも、漱石の作品には「天」「自然」といった登場人物たちを超越するレベルを形成する漢語が登場し、プロットの鍵として機能します。読者がもはや漢詩文を読みこなせなくなっていく時代のなかで、漢文の伝統を新しく生まれ変わらせて、語彙のレベルで巧妙に利用しているのです。

しかし、作品のキーワードになる「天」「自然」などの漢語は、国家主義的傾向を強めてゆく時代のなかで、漱石自身の意図を離れてひとり歩きします。意味内容が曖昧でありながら「公」や「崇高」を演出することのできる「空集合」としての機能を、こうした漢語は果たしてしまったのです。

これはもちろん、漱石が亡くなったあとの話です。しかし、日本の近代において、漢語や漢文脈がどのような効果を持ったかを考えるときに、とても重要な視点です。近代日本における漢文調や漢語は、ナショナリズムを盛るための、きわめて使い勝手のよい器となったという面があります。「則天去私」をはじめとするいわゆる「漱石神話」も、漢語を核とする思想として受容され、その一翼を担ったのではないかと私は考えています（拙論「ジャンルの記憶——漱石における〈文〉の転位」『日本近代文学』98参照）。

漱石は、人生の後半から終盤にかけて、大きな自己変革を行いました。それは徹底して言葉の世界で行われたものでした。英文学研究という制度のなかの言葉への懐疑。前近代の漢詩文や俳句や和歌和文の素養をいったん捨てたこと。自分のなかに築き上げてきた言葉の体系を、一度カッコのなかに入れて、新聞読者という大衆と向き合い、生い立ちが強いた葛藤をみずから解剖することで、現代的な人間の姿を描きました。

このような変革のあとをたどると、漱石は晩年まで非常に若々しかったとつくづく思います。精神の若々しさに、肉体が追いつかなかったのです。そして、資質と時代の一度きりの出会いが、このような多彩な日本語表現を可能にしたのです。

●…………もうひとつの足場

本書では、漱石が残した様々な表現をご紹介しました。その幅広さ、豊かさ、その背後にあった漱石の創意工夫を楽しんでいただくのが本書の目的ですが、こうした漱石の言語表現の広さや彼の足跡は、いまを生きるわたしたちにも、さまざまなヒントを与えてくれるような気がします。

いま私が気になることは、ふたつあります。ひとつは、まったく違う言語と文化の体系に足場を持つ、ということ。もうひとつは、言葉や感性の背後にある力関係に敏感になる、ということです。ひとつめから考えてみましょう。

漱石は、『明暗』で西洋的な近代小説を完成させました。しかし、それが可能になったのは、近代以前の教養の体系、とりわけ漢詩文の世界を自分の核に持っていたからだと思います（「ねじふせる」「誇張する」「こだわる」の章参照）。それは、漱石が生きる「明治」が失いつつあるものでもありましたが、最後まで漱石は、漢学という遺産を、自分の足場として手放さなかったのです。

つまり、時代の変わり目を生きた漱石は、自分の生きる世界を見る目を、ふたつ持っていたのです。ひるがえって、今の私たちの文化には、漱石の漢文にあたるようなものがあるでしょうか。非常におおまかに言うと、「近代化」とは「均質化」でもあります。前近代の日本語が持っていたTPOの使い分けは、言文一致体という、誰でもどんな場面でも使える文体へと、統一されてゆきました。

これは近代が、「万人が平等な市民社会である」という通念と対応しています。身分、性差、メッセージの送り手と受け手の社会階層の違いなどは、普遍的な〝人間〟へと統一されました。しかし、平準化された社会と言葉のなかで生きるいまの私たちの目から見ると、近代以前の日本語表現の幅広さはまた、豊かさとも映ります。

本書で繰り返し述べていますが、言葉の変化は認識の変化でもあります。たとえば漢文調は、「公」「崇高」という共同体形成の鍵となる感情を表現する方法と、同時に、その崇高なものを茶化す方法との両方を、豊かに育んでいました。いま私たちは、そのような表現方法を共有しているでしょうか。感情を盛る共用の器を持たないことは、そのような感情と、成熟した厚みのある付き合い方をする方法を持っていない、ということなのかもしれません。

◉……………抗いながら言葉をつかむ

もうひとつ重要だと思うのは、漱石は、弱い側に立たされたひとが、立ち上がるための言葉をどうやって手に入れるか、という問題を考えるときに、大きなヒントをくれるという点です。

漱石は、英文学者として破綻したことで、小説家に生まれ変わりました。その破綻は、「好きなもの（漢文）より必要とされるもの（英語）を学ぶ」という進路選択に遠因がありました（「こだわる」の章参照）。そのように選ばせてしまう時代の圧力が、青年漱石の肩に、ずっしりとかかっていたのです。そしてそのツケは、彼の人生を決定したのです。

前近代の男性知識人の教養である漢文で自己形成をした漱石にとって、西洋文学の価値を認め、鑑賞せねばならないという時代の要請は、感性への暴力であったと言ってよいと思います。

芸術の鑑賞は、個人の好悪からしか始まりません。しかし、漱石の前に「英文学」は、理解すべき価値あるものとして立ちはだかりました。好みでない料理を食べさせられて、おいしいと感じろ、と強いられているようなものです。異文化が出会うとき、個人の感性にはしばしば圧力が加えられます。それが芸術の分野で起こるとき、事態は「自分」をめぐるひときわ深い混乱を招きます。

このような事態は、現在も至るところで起きています。異なる文化の間には厳然たる力関係があり、それは弱い側の感性に、ときに暴力的に作用するのです。

わたしたちはいま、漱石が生きた時代とはまったく異なる関係を、世界の諸地域の文化と結んでいます。漱石が感じたような、感性への圧迫感は薄れているかもしれません。一方で、自分たちの感覚を、当たり前のものとして、異なる文化的出自を持つ人たちに不用意に押しつけてしまうことも増えそうです。

そのような状況にある今、百年前に、言葉をめぐる局地戦を戦い抜いた漱石の道のりを、地図を見るように高いところから見下ろしてみることには、大きな意味があると思います。

みずからがそのなかで生まれ育った言葉の体系は、尽きない泉のようなものです。異なるものの理解は、その水の味わいを通してやってきます。漱石は、時代の大勢が切り捨てた前時代の遺産を手放さず、自分の核として生涯持ち続けました。英文学者から作家に転身することで、時代の根底にあった西洋文学の権威性の圧迫から脱して、みずからの感受性を守りました。そして、創作家の立場から、晩年まで西洋の現代文学を旺盛に咀嚼し、小説というフィールドで、縦横に実験を繰り返し続けました。その実践はまた、彼自身が言葉を通じて自分を変えてゆくことでもありました。

自分の感覚を手放さない。権威をつくらない。自分の舌を信じて実験する。日本語の激変の時代に、言葉の世界でこの姿勢を貫いた漱石の姿は、「力に抗って自分の言葉をつかむ」ことが自分を支えるということ、そしてそのための工夫を、わたしたちに教えてくれます。

あとがき

この本は、漱石の小説文体の特徴を、一〇の項目に分類して読み解いたものです。

漱石は、デビューしたとき、「文章家」として認められました。

現代では、国語の教科書に『こころ』が採用されつづけているせいでしょうか、漱石はひとの心の奥底にひそむ暗い葛藤を、鋭くえぐりだした作家とみられがちです。しかし、漱石ははじめ、「文章家」として認められたのです。明治の人々は、漱石の「文体」に驚き、漱石の「文章」を愛したのです。

漱石の表現は、多彩です。

もちろん、どのような書き手も、個性におうじて多様な表現をあやつります。しかし、漱石の表現の多彩さは、作家の個性というレベルを超えています。その振れ幅の広さ、こう言ってよければ異種混交性は、漱石の個性と歴史とが切り結んだ地点において、一度だけ可能になったものであり、他の日本のどの小説家とくらべても破格なのです。

漱石が生きた激動の明治はまた、日本語の激変期でもありました。新聞や雑誌に掲載される文章も、国語の教科書に載る文章も、わたしたちが日記や手紙を書くときの文章も、大きく変わったのです。

それは、わたしたち自身の感性が、大きく変わった、ということです。そして、わたしたちが、いま慣れ親しんでいる「小説」というジャンルは、この日本語の混乱のなかで生まれ、根づいたのです。

本書は、近代における日本語の混乱期を、漱石が、新しい文学ジャンルとしての「小説」をつくるためのツールとしていかに利用したか、という一点にテーマをしぼっています。

いつの時代も、変化と混乱は、チャンスに満ちています。多くの書き手たちが、文体のミスマッチによって時代から葬り去られたときに、漱石は、雑多な光彩を放つ言葉の氾濫のなかから、ひとつの色を選びだし、そのときにだけ可能な一枚の絵を描きだしてみせたのです。

しかし、当然のことながら、その選別には、読者の文体感覚や時代の言語空間への、繊細な触角が求められます。漱石はときに読者の感覚を読みあやまり、また、自分から離れてゆく読者を苦い思いをもって眺めざるを得ませんでした。本書では、そのような、いわば漱石の失敗例にも焦点をあてています。

＊

本書の執筆は、漱石の生誕百五十年を記念して行われた、いくつかのシンポジウムや講演がきっかけになっています。シンポや講演にお招きくださった方々、本書の原稿に貴重なご意見をくださった方々に、この場を借りて厚くお礼申し上げます。また、本書を担当してくださった勉誠出版の福井幸さんは、私の誤りをことごとく指摘し、全編にわたって鋭い意見をつけ、さまざまな提案をしてくれました。本書が少しでも読みやすくなっているとすれば、一年以上にわたって伴走してくださった福井さんのお力ゆえです。

＊

近代日本の小説をめぐる研究は数多くあります。しかし、「小説」というジャンルをつくったひとたちが、文体の混乱期を小説表現にどう生かしたかを、作品の具体的表現にそくして読みとく作業は、まだ不十分です。歴史状況という巨視的なレベルと、ひとつの言葉という微視的なレベルとを行き来する分析、ことばを時代にひらく仕事は、今後ますます重要になっていくと思います。本書はそのためのささやかな試みです。

漱石の小説をすでに愛読されている方には、小説の表現をより深く味わうとともに、その表現が、時代のどのような疾風のなかで生みだされたのかをごらんいただければと思います。また、これから文章を書いてみようという方、書くためのヒントを漱石から学びたい方にも、ご参考になるところがあれば、これよりうれしいことはありません。

二〇一九年一一月

北川扶生子

図版出典一覧

国立国会図書館「近代日本人の肖像」https://www.ndl.go.jp/portrait/、『橋口五葉展』（東京新聞）、『夏目漱石の美術世界』（東京藝術大学大学美術館、東京新聞）、『朝日新聞』、江刺昭子『透谷の妻 石阪美那子の生涯』（日本エディタースクール出版部）、『新潮日本文学アルバム19 太宰治』（新潮社）、『新潮日本文学アルバム7 谷崎潤一郎』（新潮社）、National Portrait Gallery, Herbert Spencer, [https://www.npg.org.uk/collections/search/portrait/mw08258/Herbert-Spencer]、福澤諭吉『世界国尽』（慶應義塾）、曲亭主人『南総里見八犬伝 上巻』（博文館）、Marsh, Jan *Pre-Raphaelite Women*, 1987, Weidenfeld&Nicolson、『明治文学全集28 齋藤緑雨集』（筑摩書房）、『明治文学名著全集6』（東京堂）、『東海道中膝栗毛』（新編日本古典文学全集81、小学館）、『春色梅児誉美』（日本古典文学大系64、岩波書店）、早稲田大学図書館古典籍総合データベース https://www.wul.waseda.ac.jp/kotenseki/index.html『洒落本大系』（林平書店）、British Library, Discovering Litera-tu-re:Restoraion&18thcentury,[https://www.bl.uk/restoration-18th-century-literature/articles/an-introduction-to-robinson-crusoe]、鳳晶子『みだれ髪』（東京新詩社）、高山辰三『漱石警句集』（図書評論社）

索　引

【さ】

著者紹介

北川扶生子（きたがわ・ふきこ）

神戸大学大学院文化学研究科博士課程修了（文学博士）。神戸大学助手、ロンドン大学客員研究員、鳥取大学准教授を経て、現在、天理大学文学部教授。専門は日本近代文学。主な著書に『漱石の文法』（水声社、2012年）、『コレクションモダン都市文化 第53巻 結核』（ゆまに書房、2009年）、論文に「ジャンルの記憶――漱石における〈文〉の転位――」（『日本近代文学』98巻、2018年）、「〈文〉から〈小説〉へ――漱石作品における漢語・漢文脈と読者」（山口直孝編『漢文脈の漱石』翰林書房、2018年）、「新聞小説家・夏目漱石の誤算」（『ビブリア』149号、2018年）、「戦死者遺族からみる『こゝろ』――軍人未亡人の家――」（『日本文学』64巻12号、2015年）などがある

漱石文体見本帳《そうせきぶんたいみほんちょう》

2020年1月30日　初版発行

著　者　北川扶生子

発行者　池嶋洋次

発行所　勉誠出版株式会社

〒101-0051　東京都千代田区神田神保町3-10-2

TEL：(03)5215-9021(代)　FAX：(03)5215-9025

〈出版詳細情報〉http://bensei.jp

印刷・製本　中央精版印刷株式会社

ISBN 978-4-585-29189-3　C0095

『坊っちゃん』事典

登場人物・地名・施設・風俗から漱石の生い立ち・家族交友関係・前後の著作物・松山の史蹟など周辺の事実まで国民的名作のすべてを精査。

今西幹一 企画／佐藤裕子・増田裕美子・増満圭子・山口直孝 編・本体四五〇〇円（＋税）

世界から読む漱石『こころ』

国内外の研究者による様々な論攷から、百年を経た過去の作品としてではなく、いま世界で読まれる文学作品としての魅力と読みの可能性を提示する。

アンジェラ・ユー／小林幸夫／長尾直茂／上智大学研究機構 編・本体二〇〇〇円（＋税）

世界のなかの子規・漱石と近代日本

子規・漱石をはじめとした日本文学の翻訳状況や、世界からどのように読まれているのかの考察、近代文学と近代史をつなぐ論考から、近代日本をも再考する。

柴田勝二 編・本体二八〇〇円（＋税）

知っておきたい日本の漢詩

偉人たちの詩と心

各時代の偉人たちが残してきた作品を、易しく丁寧な解説とともに読み解き、日本人の心を見つめなおす。漢詩の楽しさ・奥深さを知るための絶好の入門書。

宇野直人 著・本体三八〇〇円（＋税）

ビジュアル資料でたどる
文豪たちの東京

東京を舞台とした作品の紹介のほか、古写真やイラスト、新聞・雑誌の記事や地図など当時の貴重な資料と、原稿や挿絵、文豪たちの愛用品まで多数写真掲載。

日本近代文学館 編・本体二八〇〇円（+税）

定本〈男の恋〉の文学史
『万葉集』から田山花袋、近松秋江まで

日本文学を紐解けば、数多の「男が女に恋をして苦しむ」作品が登場する。アニメやアイドルに「萌え」る男性が多くなったいま、恋する男の系譜を辿りなおす！

小谷野敦 著・本体二二〇〇円（+税）

文学のなかの科学
なぜ飛行機は「僕」の頭の上を通ったのか

小説の中に働く力学と、二〇世紀後半に確立した複雑系の科学。芥川龍之介、谷崎潤一郎、村上春樹といった作家達の文学と科学とを繋ぐ物語生成の法則を考察する。

千葉俊二 著・本体三二〇〇円（+税）

日本SF誕生
空想と科学の作家たち

一九六〇年代初頭、SFは未知のジャンルだった。不可思議な現象と科学に好奇心を燃やし、SFを広めようと苦闘する作家たちの物語。

豊田有恒 著・本体一八〇〇円（+税）

鳥と人間をめぐる思考
環境文学と人類学の対話

文学に描かれた自然を対象とする環境文学、民族誌として記録されてきた自然を対象とする人類学。双方から、鳥をどのように捉え、語り、描いてきたのかを探る。

野田研一・奥野克巳 編著・本体三四〇〇円（＋税）

偶然の日本文学
小説の面白さの復権

夏目漱石、森鷗外、横光利一、谷崎潤一郎、江戸川乱歩などの作品を素材に、仕組まれた偶然を考察し、小説の面白さを再発見する！

真銅正宏 著・本体二八〇〇円（＋税）

触感の文学史
感じる読書の悦しみかた

谷崎潤一郎、永井荷風、江戸川乱歩から、川上弘美、金原ひとみまで、作品に記された感覚表現から、読書という行為から失われつつある身体性を問い直す。

真銅正宏 著・本体二八〇〇円（＋税）

同性愛文学の系譜
日本近現代文学における
ＬＧＢＴ以前／以後

ＢＬ、百合という文脈で語られると共に、ＬＧＢＴＱを考えるための文学としても着目される同性愛文学。各時代の作家を取り上げ、文学史の一側面に光を当てる。

伊藤氏貴 著・本体二八〇〇円（＋税）

私小説のたくらみ
自己を語る機構と物語の普遍性

私小説の代表作から、従来は「私小説」として扱われなかった作品も取り上げ、日本近代文学における「私」語りのありようを考察する。

柴田勝二 著・本体三六〇〇円（＋税）

増補改訂　私小説の技法
「私」語りの百年史

田山花袋『蒲団』から小島信夫『各務原　名古屋　国立』まで、〈私小説〉の百年を辿り、成立と変遷、そして今後の可能性を提示する。

梅澤亜由美 著・本体四二〇〇円（＋税）

「私」から考える文学史
私小説という視座

従来「私小説」とみなされてこなかった作品や周辺ジャンルである日記や紀行文、映画や漫画などを含めた文学史の構築を試みる。

井原あや・梅澤亜由美・大木志門・大原祐治・尾形大・小澤純・河野龍也・小林洋介 編・本体七二〇〇円（＋税）

日本「文」学史 第一～三冊
A New History of Japanese "Letterature" Vol. 1-3

和と漢、西洋が複雑に交錯する日本の知と文化の歴史の総体を、人々の思考や社会形成と常に関わってきた「文」を柱として捉え返し未来への展開を提示する。

河野貴美子・Wiebke DENECKE・新川登亀男・陣野英則／谷口眞子・宗像和重（第二冊のみ）編・本体各三八〇〇円（＋税）

佐藤春夫読本

その生涯をはじめ、交友関係、歴史的事件との関わり、特装本の紹介など、百枚を超える貴重なカラー図版とともに、知られざる春夫の魅力を伝える。

辻本雄一 監修／河野龍也 編著・本体三二〇〇円（＋税）

川端康成詳細年譜

川端作品や公開された日記・書簡をベースに、当時の新聞記事や交友のあった作家らの回顧録などあまたの資料・記録や関係者への取材から、その生活を再現する。

小谷野敦・深澤晴美 編・本体一二〇〇〇円（＋税）

浅草文芸ハンドブック

浅草を舞台とした小説や映画、演芸、浅草に縁のある人物を中心に、明治から現代までの浅草、あるいは東京の文化が形成される軌跡を辿る。

金井景子・椥沢健・能地克宜・津久井隆・上田学・広岡祐 著・本体二八〇〇円（＋税）

「ウサギとカメ」の読書文化史

イソップ寓話の受容と「競争」

明治時代に日本に輸入された「ウサギとカメ」はどのように受容され、どのような「教訓」が付されていったのか。『イソップ寓話集』の享受の様相をたどる。

府川源一郎 著・本体二四〇〇円（＋税）